나만의 쉼을
찾기로 했습니다

KB081422

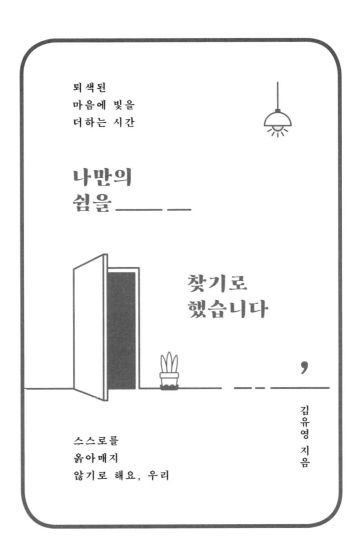

퇴색된
마음에 빛을
더하는 시간

나만의
쉼을 ＿＿＿＿

찾기로
했습니다

,

김유영 지음

스스로를
옭아매지
않기로 해요, 우리

Booksgo

차가 우러나는 시간 사이에서

'매일 글쓰기'를 본격적으로 시작한 것이 9년째 접어
들었다.

무작정 닥치는 대로 써왔던 시간들과 쓰기의 맛을 알
아가는 과정을 거쳐 어느덧 세 번째 책을 출간하게 되
었다.

이번 책에 담고자 했던 것은 '시선'에 관한 이야기다.

첫 번째 책《쉼, 하세요》의 연장선상이면서, 두 번째 책
《마음이 향하는 시선을 쓰다》에 깊이를 더한 이야기이
기도 하다.

우리의 삶과 인생, 아니 모든 것 중 시선이 담기지 않
은 것은 없다.

눈뜨고 있는 시간과 감고 있는 시간에도 시선은 함께
한다.

마음을 담은 시선으로 있는 그대로를 바라보고, 느끼고, 생각하는 모든 것을 담았다.

마음의 시선으로 느끼고 바라본 삶과 인생에 관련된 모든 것에 다가가서, 본질적인 것을 느끼고 깨달으며 일깨우는 다섯 가지, 마음, 희망, 반성, 관계, 도약에 대해 누구도 알려주지 않은 나름의 방법으로 늘 그렇듯 무모하게 도전하였다.

글을 써오면서 우리가 늘 대하고 접하는 시선을 음미하고 그 깊이를 말하고 싶었다.

이번 책은 이렇게 다가가길 바라는 마음이다.

나는 차茶를 좋아한다.
차는 몸과 마음을 따뜻하게 데워준다.

심신을 느슨하게 하는 한편, 흩어진 마음을 한데 모아
준다.

오롯이 내게 집중하는 시간을 갖게 해준다.

나의 글이 예의와 격식을 따지지 않고 편안하게 들러
차 한 잔 마시고 나눌 수 있는 동네 사랑방 같은 곳이었
으면 좋겠다.

좋은 차를 마시면 다시 차를 찾게 된다는 말 그대로,
마음의 관계인 벗의 집을 방문한 듯 편안한 분위기로 잔
잔하게 읽히길 바란다.

차를 마심으로써 몸이 데워지고 마음이 모아지듯,

다시 한 번 울림과 함께 곱씹어보는 글로 담기길 바란다.

끝으로 인스타그램에서 인연이 되어 이번 책에 멋지
고 예쁜 캘리그래피 작품으로 함께 해주신 꽃담캘리 안

경희 작가님께 특별히 고마움과 감사의 마음을 전하고
싶다.

 2020년 잊어버린 봄을 기다리는 마음과 차가 우러나
는 시간 사이에서

건강과 행복 즐거움 그리고
미소를 전하는 마법사

김유영

쉼으로써 마음의 성장을 이루길

　인스타그램에 매일 글을 올리는 김유영 작가님의 글 중 "사람은 사람을 통해 삶의 의미를 얻는다"는 말이 마음에 와닿아 인연을 맺게 되었습니다. 그러다 보니 이번에는 캘리그래피 작품으로 함께하게 되었네요.

　우리는 세상을 살아감에 있어 나 혼자만으로는 살아갈 수 없고, 좋은 일이든 나쁜 일이든 서로 부딪히기도, 보듬어가기도 하며 살아갑니다. 그 과정에서 성장해나가겠지요.

　김유영 작가님의 글은 '나에게 있어 삶은 어떤 것인지', '어떻게 살아가야 할지'에 대한 생각을 물어보게 되는 시간을 가져다주었습니다. 책을 통해 마음의 쉼으로 나를 돌아보는 시간을 갖고 마음의 성장으로 이어지게 되기를 바랍니다.

꽃담캘리 안경희
@kkotdam_calli

나를 돌아보고
그 모습에
자긍심이있다면
행복한
것입니다

contents

두 번째 쉼 희망 ,

세 번째 쉼 반성 ,

네 번째 쉼 관계 **,**

다섯 번째 쉼 도약 ,

첫 번째 쉼

마음

느림의 행복

정확하지는 않지만 바다거북은 거의 백 년 이상을 산다고 한다.

육지에서는 느리지만, 바닷속에서는 엄청 빠르다.

바닷속에 들어간 거북은 빠르지만 여유롭고 느긋하게 유영하며 살아간다.

반면, 백 년을 다 살지 못하는 우리 인간은 삶의 해로움과 이로움을 제대로 파악하지 않은 채 급히, 빨리 서두르기만 한다.

4차 산업혁명, 초고속, 드론, LTE, 5G, AR, VR 등의 앞만을 보고 외치며 산다.

그렇지만 나는 음미의 도시 산책자로 살아가려 한다.

무엇이 되지 않더라도, 무엇이 되지 못하더라도 과정 속의 여정을 느끼고 즐기며 살아가려 한다.

급하게 먹으면 체하고, 너무 빨리 가다 보면 넘어지고, 서두르다 보면 잊고 놓치는 것이 있음을 알기에 서두르지 않고 도시를 산책하듯 걷고 걸어가려 한다.

뒤처져 있어 불안한가?

그것은 못한 것에서 오는 욕심과 그에 미치지 못한 자신의 모습을 자책하는 것에서 오는 불안함이다.

뒤처져 있음은 쫓길 염려가 없다는 것이니 편안한 마음의 순간이다.

느린 거북이 토끼의 빠름을 생각하지 않고 묵묵히 뚜벅뚜벅 자신의 걸음으로 걸어가듯 삶의 여유를 즐기며 순간과 주변을 느끼고 살아가려 한다.

과정에서 오는 것을 느끼며 즐기고 살아가면 적어도 실망하거나 후회하는 마음으로 상처받지는 않을 것이다.

무엇에 연연하지 않으며 그 속에서 자신만의 즐거움
과 행복을 찾고 느끼며 누리고 살면 그것이 행복한 삶
이다.

나
만
의
속
도

천천히 느리게 가고 싶습니다.

나만의 속도로 말이지요.

내 삶의 목적지가 어디인지는 몰라도 가는 동안, 나는 주변의 모든 것들을 음미하며 가고 싶습니다.

한 걸음 나아갈 때마다 달라지는 세상, 그 세상의 숨소리 하나라도 빠뜨리고 싶지 않습니다.

삶의 끝, 그곳이 어디인지는 모르겠으나 나는 될 수 있으면 천천히 느리게 가고 싶습니다.

그곳으로 가는 내 과정이 바로 내 삶이니 지금 하는 일 하나하나가 모여 내 삶의 전체를 이루기에 굳이 급하게 가지 않으렵니다.

한 세상 음미하며 즐기며 가렵니다.

느림의 행복을 몸과 마음으로 느끼며 가렵니다.

천천히 느리게 음미하며 가는 길에는 사람과 세상 그
리고 인생이 보입니다.

즐거운 중독

'중독'이라는 단어가 부정적으로 느껴지는 이유는 아마도 이런 것들이 우리 뇌리에 각인되었기 때문일 것입니다.

술, 도박, 마약, 게임, 휴대폰, 쇼핑, 섹스 등 우리의 몸과 마음 그리고 정신에 나쁜 결과를 주는 것들이기에 더욱 그럴 것입니다.

중독이라는 것이 하다 보니 재미있어 즐기게 되고 빠지게 되는 것이니 딱히 뭐라 하기도 그렇습니다.

중독의 치명성은 자제력과 통제력을 제어하지 못하는 개인의 차이에서 나오는 것이라 어느 누구를 탓하기도 힘듭니다.

그것들도 우리가 만든 것이고 이를 이용하여 돈을 벌고 삶을 영위하고 있기 때문입니다.

그런 우리는 수없이 많은 온갖 중독에 쉽게 노출되어 있으니 누구를 탓하고 원망하겠습니까?

다만 무엇이든 깊이 빠져들어 좋을 것이 없다는 것만은 명심하는 우리가 되어야 합니다.

그나마 마음이 놓이는 것은 재미있고, 즐겁고 행복한 중독 또한 함께 하기 때문에 다행이지 싶습니다.

주변에 깊게 빠져도 나쁠 것이 없는 나만의 즐거운 중독을 찾아서 재미있고, 신나고 행복하게 생활해 나갔으면 합니다.

즐거운 중독은 내가 좋아하고, 재미있어 하고, 기뻐지는, 그것입니다.

삶에
늦은 때란 없다

세상에는 사람만큼이나 무수히 많은 직업들이 있다.

우리는 적정 수준의 교육과 아르바이트 등의 경험을 하면서 사회에 첫발을 내딛게 되고 첫 직장에서 일을 시작하게 된다.

그 속에는 내가 좋아하는 일, 하고 싶은 일, 관심 받고 싶은 일, 많은 돈을 벌 수 있는 일, 타인을 봉사하며 돕는 일, 나에게 맞는 일과 맞지 않는 일 등이 있다.

누구나가 생각하는 나와 일에 대한 생각.

여기에도 궁합이라는 것이 있다.

태생적 성향에서부터 집안의 문화적 환경과 살아가면서 터득하고 변화하는 생태적인 환경이 나의 생각과 몸에 잘 맞는지를 알기에 시간과 환경 그리고 삶의 일터는 그리 녹록하지 않다.

　부푼 설렘과 꿈을 갖고 들어간 직장이지만 적응하지 못하고 버텨내지 못해 이직하는 경우가 비일비재한 현실이다.

　그렇게 다시 방황하듯 이 일 저 일 헤매기도 할 것이며, 현실을 살아가야 하는 버거움에 마음에 맞지 않는 일을 하며 살아가게 되는 경우가 허다하다.

　그래서 일을 찾기 전에 먼저 선행되어야 하는 것이 나의 성향 즉, 나의 스타일이 어떤지, 내면과 외면, 타인과의 관계까지 잘 알고 파악해 내는 것이 중요하다.

　'너 자신을 알라', '적을 알고 나를 알면 백전백승' 같은 말처럼 세상 속 많은 일을 내가 하고 싶다고, 할 수 있다는 마음만으로 해내기란 쉽지 않다.

　삶에 늦은 때란 없듯이 지금부터라도 나를 제대로 잘 알아가보자.

사
람
다
운
삶

사람에게는 누구에게나 자긍심이라는 것이 있습니다.

자신에 대해 떳떳하고 당당한 긍지를 가지는 마음입니다.

자칫 자긍심이 너무 지나치면 타인과 갈등, 불화가 일어날 수 있으니 경계도 해야 합니다.

스스로를 자랑스러워하되 낮은 자세의 겸손함을 잊지 말고 다투지 않고 잘 어울리는 조화로운 삶을 살면 됩니다.

사람은 사람과 사람 사이에 존재할 때 비로소 인간이 되는 깃입니다.

함께 사는 것이 사람다운 삶이며, 그 속에서 비굴하지 않게 자긍심을 가지고 자신을 자랑스러워하면 타인 또한 자랑스럽게 여기게 됩니다.

그러면 나 자신을 소중하고 매력적인 사람으로 인정하게 되어 두루두루 친밀하게 지내며 살아갈 수 있습니다.

나를 돌아보고 그 모습에 자긍심이 있다면 행복한 것입니다.

익숙함의 시선

지금 하는 일이 무의미하다고 느껴질 때 이렇게 해보
세요.

늘 하는 것에서 잠깐 멈추고 시각과 행동에 전환을 주
어 그 순간 보이는 찰나의 느낌과 감정을 내 마음으로
연결해 느껴 보는 겁니다.

보이는 것과 느껴지는 것들을 감각과 마음으로 음미
해 보는 겁니다.

한 발짝 벗어나서, 한 박자 멈춰 서서 사색하여 감정
의 건드림으로 느껴보세요.

나는 무얼 하고 있는지,

무엇을 찾고 있는지,

자신의 기대치에 부응하는지,

제대로 잘하고 있는지,

무엇에 지쳐 있는지,

놓치고 있는 것은 없는지,

잊고 지나온 것은 없는지,

무엇 때문에 힘들어하는지,

그 어떤 것이라도 좋습니다.

이렇게 해보면 뜻하지도 않았던, 생각하지도 못했던, 기대하지도 않았던 그 무엇이 느껴지고 생각이 나서 그 어떤 깨달음을 얻을 수도 있습니다.

익숙함이 주는 시각과 행동의 변화는 또 다른 시선의 깊이와 넓이와 함께 높은 시선의 안목을 선사해 줍니다.

취직해서 일을 하다 보면 내 일만 할 수도 없습니다.

이 일 저 일 시키는 일도 해나가야 하는 사회이니 뭐라 어디에 하소연하기도 힘듭니다.

내 일이 아닌 여러 일을 매일 하다 보면 자연스럽게 스트레스가 동반합니다.

그런 스트레스에는 사람마다 체감의 경중이 있어 참고 무시만 할 수 없는 때도 있어 괜스레 서러움과 마음속 깊이 맺히는 억하심정이 들어 좋아하는 일의 열정까지 없애버리기도 합니다.

나만 그런 것이 아니리 우리가 모두 그러하니까요.

이렇듯 매일매일 일과 사람에 부딪히고 치이다 보면 사람인지라 당연히 스트레스를 받을 수밖에 없습니다.

그래서 퇴근길에 벗을 만나 수다를 떨고 한 잔 술에 넋두리로 시름과 스트레스를 잊기도 하지요.

어떤 이는 운동과 산책으로, 재미있는 텔레비전 프로와 영화로 풀기도 할 겁니다.

스트레스를 해소하는 방법은 이처럼 여러 가지가 있습니다.

핵심은 내가 기분 좋아지는 그것을 하는 것입니다.

당신만이 아는 재미있고 신나는 그것을 해보세요.

그러면 이겨내고 버텨내는 힘과 비법도 생길 겁니다.

이런 말이 있지요.

'하고 싶은 일 한 가지를 하기 위해선 하기 싫은 일 아홉 가지를 해야만 한다'

'왕관을 쓰려는 자 왕관의 무게를 견뎌라'

내가 정말 하고 싶은 그 한 가지 일의 최종적인 목표가 그 무엇과도 바꿀 수 없는, 그 무엇으로도 흔들리지 않는 소중하고 묵직한 한 가지라고 생각해 보세요.

그러한 절실함을 깨달아 좌절하거나 절망하지 않고 버티고 견뎌내는 무게의 힘이 그 한 가지를 찾아가는 여정이 될 겁니다.

나와의 대화

살다 보면 우리는 그 누구에게도 말하지 못할 비밀이
있을 수밖에 없다.

그렇게 생긴 비밀은 누구에게도 말하지 못하고 혼자
끙끙 앓으며 자신의 마음 깊숙한 곳에 꼭꼭 숨겨두려고
한다.

사람은 그렇게 누구나 비밀이 있기 마련이다.

다만 그 어떤 말 못할 비밀이라도 그 속엔 훌훌 털고
가야 할 비밀 또한 있다.

그런 비밀이 생겼을 때의 대처 방법으로 '거울 속 나
와의 대화'를 권해 본다.

거울 속에 비친 나를 객관화하여 대화하는 방법이다.

역지사지의 마음과 관객의 입장으로 대화하는 방법이다.

거울 속 나는 나만을 두둔하지도, 칭찬하지도, 외면하지도, 다그치지도 않는다.

있는 그대로의 나를 들여다보며 잘잘못을 알 수 있게 이야기해준다.

그렇게 오가는 대화 속에서 편협하고 가식적인, 진실하지 않은 나의 모습을 발견하게 되며 반성도 하게 되어 떳떳하고 당당하게 나의 삶을 살아가게 해준다.

있는 그대로 털어놓고 대화하다 보면 답답한 마음은 홀가분해질뿐더러 정서적으로도 안정감을 주기에 매우 좋다.

쓸쓸하고 심란한 마음과 우울한 감정에서도 떨쳐낼 수 있게 해주는 정화작용을 해주기 때문에 정상적인 삶의 활동에도 큰 힘이 되어 준다.

스트레스도 발생하지 않는다.

비밀이 새어나갈 이유도 없다.

중요한 것은 제삼자의 눈으로 바라보고 냉정하고 냉

철하게 바라보고 대화해야 한다.

거울 속 나와 거울 속에 비친 나는 실오라기 하나 걸치지 않은 모습이어야 한다.

끝내고 나면 그 어떤 뜨거운 눈물이 흐르고 있음을 느끼게 된다.

당신 안의 깨끗한 '나'를 만나길 응원한다.

쉼의
시간

몸과 마음이 지치게 되면 스트레스가 동반되어 사소한 일에도 예민해져 짜증이 나고 과민 반응을 보이게 됩니다.

그렇게 되면 가족은 물론 주변 사람들과도 충돌이 발생하고 얼굴을 붉히는 일이 자주 일어나게 됩니다.

결과적으로 보면 자신의 감정을 통제하거나 제어하지 못해 발생하는 경우가 대부분이지만, 그 밑바닥에는 자신도 모르게 몸과 마음, 정신까지 지쳐 있는 것에서 기인하는 것입니다.

생존과 지열한 경쟁 속에서 시치기 쉬운 현실임에 수

시로 쉼의 시간을 주어 몸과 마음 그리고 정신을 가다듬고 버리고 비우는 시간을 가져야 합니다.

만일 그대로 내버려 두게 되면 심란한 마음과 함께 감성 또한 메말라버려 정신적으로도 피폐해집니다.

우리 삶에 쉼의 시간은 윤활유와도 같으며, 메마른 대지에 내리는 단비와도 같습니다.

몸과 마음을 촉촉하고 편안하게 해주어 활기찬 마음을 가지도록 해줍니다.

여유롭고 넉넉한 심리 상태가 되어 자신의 현 상태를 돌아보며 삶을 활력 있고 긍정적으로 살게 이끌어 줍니다.

쉼의 시간을 가지면 지치거나 우울증에 빠지는 것을 예방할 수 있습니다.

쉼의 시간은 건강한 몸과 마음을 갖도록 해주는 보약을 먹는 것과 같습니다.

치이고
부딪히며

재미없고 머리 아픈 공부를 한다.

취직을 하고 지겨운 직장생활을 한다.

결혼을 해서 아이를 낳고 버거워한다.

청소하고, 밥하고, 설거지하고, 빨래하며 지쳐간다.

직장에 다니지만 맨날 투덜댄다.

이 사람 저 사람에 치이고 부딪히며 넘어져 힘들어한다.

사는 것이 만만치 않음을 비로소 느낀다.

갈 길은 멀고 험난할 뿐인데 먹먹함이 밀려온다.

그러고 보면 세상에는 온통 힘든 일뿐인데 그럼에도

힘든 일을 선택한 이유가 있었을 것이다.

'남들도 다 하니까'라는 어설픈 이유가 아닌 정말 내가 공부와 일을 왜 하는지, 결혼과 아이, 부부는 어떤 의미인지, 일상을 산다는 것과 직장을 다니며 사람을 만나는 일등에는 자신만의 의미와 목적이 있었을 것이다.

그것을 찾아내야 한다.

삶에 의미와 목적을 찾아낸 사람은 기쁘고, 즐거우며 행복해한다.

반면, 찾아내지 못한 사람은 찾을 때까지 힘들어한다.

나이가 든다는 것

사람들은 나이가 든다는 것은 시간과 세월의 흐름이나 순리에 따라가는 것이고, 그렇게 나이를 먹고 늙어가는 것이라고 말합니다.

그렇지만 나이를 먹고 늙어 간다는 것은 경험하지 못한 새로운 미지의 세계로 여행을 떠나는 것이 아닐까라는 생가이 듭니다.

그런 의미에서 나이 들어간다는 것의 의미를 한번 적어 봅니다.

나이가 늘면 어떤 흔들림에도 쉽게 흔들리지 않게 되

고 자기중심을 잡을 수 있습니다.

이해심이 깊고 넓어집니다.

경험이 쌓여 진중함의 판단력이 생깁니다.

조금은 너그러워지고 여유로워집니다.

봄, 여름, 가을, 겨울이 주는 사계절의 의미를 깨닫게 됩니다.

그 어떤 것에도 연연하지 않게 됩니다.

시련의 힘든 일이나 고통에도 잘 견뎌내고 이겨낼 수 있는 지혜로움과 현명함의 내공도 지니게 됩니다.

쉽게 구별하고 분별할 수 있는 사리분별력 또한 지니게 됩니다.

자신을 사랑하게 되고 진정한 내적, 외적 꾸밈을 알게 됩니다.

희로애락, 삶의 의미를 이해하게 되어 자신과 더욱더 친해지게 됩니다.

멋지고 아름답게 나이가 듦을 생각하고 고민하게 됩니다.

그리고 지금, 이 순간의 소중함을 깨닫게 됩니다.

어떻게 보면 이 모두가 죽는 날까지 깊이 있고 성숙

한, 좀 더 나은 사람이 되어 가는, 되어 가려는 삶의 과
정에 있는 것이지 싶습니다.

　나이 들어간다는 것은 그 어떤 것에도 휩쓸리지 않는
오롯한 자기 자신이 되어 가는 것입니다.

두
가
지 여
행

인생에는 두 가지 여행이 있습니다.

삶이라는 여행과 죽음이라는 여행입니다.

삶이 시작되는 동시에 또 하나의 여행인 죽음이 시작됩니다.

일상의 여행에는 종착역이 있고 되돌아올 수 있지만, 삶이라는 여행에는 종착역이 없습니다.

그래서 삶이라는 여행과 죽음이라는 여행을 동시에 하고 있는 우리는, 나 자신의 인생이라는 여행을 한 번쯤은 생각해 볼 필요가 있지 않을까 합니다.

무엇 때문에 사는지.

살고자하는 목적과 의미는 무엇인지.

무엇을 위해 살 것인지.

여러 이유를 스스로에게 물어보고 답을 얻기를 바라며 의미 있는 삶을 살 것인지.

그렇지 않고 눈앞의 편안함과 안락함만을 생각해서 그렇게 살 것인지.

내가 늙어서 내 삶의 엔딩 노트를 쓸 때 과연 나는 나 자신에게 떳떳하고 당당하게 후회하지 않고 멋지게 한 세상 살다가노라고 말할 수 있는지.

그렇게 평안히 눈 감을 수 있을지.

지금부터라도 의미 있게 살다 가는 인생의 여행길을 떠나보면 어떨까 싶습니다.

삶의 여행을 깊이 이해하면 내 삶의 여행은 한결 가볍고 사랑스러우며 평화롭고 뿌듯합니다.

성장하는

마흔 살 이후부터 생애 전환기가 온다고 한다.

어렸을 때의 성장과 배움에는 의심이 없었다.

알아야 하는 것과 배워야 하는 것의 가치에만 중점을 두었다.

그 뒤 나이가 들어 마흔 살이 넘으면 드는 의문점이 있다.

내 안의 수많았을 가능성에 대한 궁금증이 들게 되는 것이다.

배워서 알았던 것들의 진짜와 가짜를 구분해 내는 것에서 낯선 나와 대면하게 될 때 비로소 진짜 자신과 만나게 되는 것이다.

논어에서는 마흔을 '쉽게 유혹당하지 않아 판단을 흐리는 일이 없는 나이'라고 했다.

반대로 보면 이제는 다 아는 나이가 되어 다른 사람들의 이야기를 듣지 않고, 세상의 빠른 변화를 잘 받아들이지도 않는다는 것인데, 나이가 들어서도 경계해야 할 부분이 바로 이 고착화이다.

이미 몸과 마음 그리고 정신까지 습관화된 이후인 마흔이 넘어서는 생활습관을 고치기란 어렵다.

마흔 살이 되기 전에는 제멋대로 살다가 마흔 살이 넘으면 문득, 기력이 쇠퇴한 것을 느끼고 깨닫게 된다.

자식들도 커가면서 술과 담배 등을 줄이거나 끊고, 먹는 것과 건강의 중요성을 찾게 되고, 노후의 삶을 대비하고 준비하게 된다.

나이가 들면 더욱더 생생한 궁금증들과 마주하고 대면하게 된다.

진짜 나의 모습, 그 낯선 모습과 대면하게 되면 성장하는 어른이 되는 것이다.

성장하는 어른이 되기 위해선 끊임없이 낯선 자신을 찾으려 해야 한다.

덩그러니 낯선 자신의 진짜 모습을 만나게 되면 가슴 한 편에 서늘한 바람이 느껴진다.

인간의 시간

인간은 40세가 지나면 자신의 습관과 결혼해 버린다는 말이 있습니다.

멋지게 나이가 드는 사람이 있는가 하면, 아무렇게나 나이만 먹는 사람도 있듯이 말입니다.

나이가 들어서도 이상 실현을 위해 끊임없이 자신을 가꾸어 나가야 합니다.

그러다 보면 보이고, 들리고, 느껴지고, 알게 되는 것들이 있습니다.

나이가 들면 비로소 자신을 챙기고 사랑하게 됩니다.

과거를 추억하며, 미래의 모습을 그리며 순리에 따라

현실에 충실하게 됩니다.

조금 더 솔직해지고 타인의 잘못에도 관대해지면서 여물어갑니다.

누군가를 위로해 주고 격려해 주고 지지해 주고 응원해 줄 수 있게 됩니다.

숨을 고르고 쉼, 하며 비우고 내려놓게 됩니다.

나와 타인, 사람과 세상을 더 많이 사랑하게 됩니다.

지혜와 현명함이 쌓이고 분별력과 혜안을 지니게 되어 우아해집니다.

어느 시인의 말처럼 '나이를 먹어서 늙는 것이 아니라 이상을 잃어서 늙는 것'은 아닌지.

어느 노랫말에서처럼 '늙어가는 것이 아닌 익어가는 삶'을 살아야 하지 않을는지 생각해 봅니다.

나이 듦은 단지 세월의 흐름 속 인간의 시간입니다.

그 시간의 흐름 속에서 멋지고 아름답게 여물어가는 우리였으면 합니다.

철부지 상태로 정처 없이 헤매던 인간의 시간을 어떻게 통과하느냐에 따라 나이 듦의 인생이 달라집니다.

예쁜 꿈 하나 마음에 안고 내일을 걸어가는 것이 우리네 인생길입니다.

마음으로 꽃을 피우는

아침과 점심 그리고 저녁.

일과 쉼 그리고 잠.

매일 만나는 하루 세 번의 우리 삶이다.

그 속에서 사람, 음식, 책, 사랑, 술, 배움, 일, 벌이, 커피, 음악, 쉼, 자연, 살이, 원망, 여행, 배신, 사기, 정, 가족, 친구, 돈, 미련, 연민, 애정, 나눔, 봉사, 통곡, 꿈, 희망, 싸움, 병, 회한, 기쁨, 죽음, 탄생, 환호, 향기, 걱정, 탄식, 운동, 슬픔, 이별, 고통, 화, 눈물 등과 함께한다.

이렇게 한 사람이 겪는, 하루에 만나고 접하는 것들이 제각각 켜켜이 쌓이고 쌓여서 하루로, 세월이라는 거대

한 시간의 블랙홀 속으로 빨려들어 삶이 완성되어 가는
것이다.

때로는 '도대체 얼마나 많은 것들로 채워져야 삶이 완
성되는 것일까?'라는 생각도 해보게 된다.

그러나 시간이 한없이 긴 것 같기도 하지만 일순간 돌
아서 보면 눈 깜빡임의 순식간이다.

문득, 돌아보면 자신도 모르게 나이든 모습을 보게 되
듯이.

희끗희끗 보이는 흰 머리카락.

나이테처럼 잔잔히 새겨진 주름.

불러온 배와 늘어진 살.

숨차하는 체력과 깜박하는 기억과 생각.

어디론가 돌아오지 않을 먼 길을 떠나는 사람의 뒷모
습도 만나게 된다.

하루를 살더라도 의미가 있어야 하지 않을까?

생각을 많이 하고, 하루를 사흘처럼 보내듯이, 어떻
게 살았느냐에 따라 사람마다 느끼는 삶의 시간은 달라
진다.

나를 흔들어 깨우듯 늘 새롭고 신선한 생각과 생활의
습관들로 채워나가는 것이 건강한 삶에 있어 매우 중요
하다.

자신의 삶 속에 자신이 들어있지 않으면 진정한 시간
도, 삶도 아니다.

하루를 살더라도 꽃을 피우는 마음으로 살면 그것이
행복이다.

하
루

모든 문제의 근원은 '나'에게 있다.

내가 좋아하는 사람도,

사랑하는 사람도,

미워하는 사람도,

싫어하는 사람도,

나이기 때문이다.

즉, 나의 마음이 움직인 것이다.

내 인생은 나로부터 시작되는 것이다.

내가 사랑하면 마음에는 행복이 넘칠 것이며,

즐거우면 웃음꽃이 필 것이다.

원망하고, 시기하고, 질투하고, 미워하면
이내 우울해져 암울한 지옥이 될 것이다.
내 마음이 있는 곳에 인생이 있고 행복이 있다.
화내도 하루고,
웃어도 하루며,
슬퍼도 하루고,
기뻐도 하루다.

내 마음을 긍정의 마음으로 물들이면 긍정 인생을 살
수 있다.

오늘도 무뎌간다

우리는 살아가다보면 때때로 슬픔과 고통을 동반하는 상실감과 마주하게 된다.

죽음과 사람과의 관계, 물질적인 것과 심적 상실에서 오는 사라지고, 헤어지고 없어지는 것들로부터 아파하고, 외로워하고, 우울해한다.

내 안의 이런 마음의 감정들조차도 상실의 끝에 서게 되면 무디어져 갈 뿐이다.

상처가 난 자리에 딱지가 생겨 아물어 아픔을 느끼지 못하듯이.

시간이 약이라는 말이 이를 두고 하는 말이었을까?

하루를 돌아볼 여유조차도 없이, 변해버린 나 자신도 돌아볼 사이도 없이, 느껴볼 틈도 없이 그렇게 외로움에 떨고 사랑에 목말라 살아가는 날들도 무디어지겠지?

상처가 덧나 딱지가 지기 전에 아물기 전에 잠깐만이라도 뒤돌아보는 여유는 갖기로 하자.

우리는 모든 것들에 무디어져 간다.

고독은
즐기는 것

결과적이지만 우리는 홀로 태어나 홀연히 떠나게 되어 있습니다.

외로운 존재이며 고독한 존재이지요.

그 과정에 가족이 생기고 친구와 벗도 함께 할 것이며, 평생의 반려자도 만나게 되고 또 다른 가족도 만들어질 것이며, 노년에 접어들어 결국 혼자가 될 것입니다.

오래 전의 대가족 문화가 산업화에 접어들면서 농어촌에서 도시로 떠나면서 가족은 핵가족화 되었으며 급기야 혼족과 혼밥의 1인 가구의 등장에까지 이르게 되었습니다.

그런 가운데 생기는 고독과 외로움은 피할 수 없는 운명이 되어버렸습니다.

그러나 고독함의 외로움이 찾아오거든 이기려 들지 말고 즐기시길 권합니다.

혼자여도 외롭지 않도록 다양한 취미 생활과 독서, 봉사 활동과 자신에 맞는 모임 활동 등을 하면서 외롭고 허전한 마음은 물론이요, 고독한 마음도 채울 수 있어 고독력을 기르는 데에 아주 좋습니다.

고독은 삶의 동반자이기에 이기려 하지 말고 즐기며 살기를.

사랑의 눈으로

사랑이 있는 곳에 눈이 있다는 말이 있습니다.

사랑하는 눈으로 보면 이 세상에 보지 못하는 것이 없고, 보이지 않는 것들도 볼 수 있다는 뜻입니다.

사랑하는 눈과 마음을 마음속 깊이 가지도록 해야겠습니다.

그러면 마치 풍경을 보듯 세상과 삶, 사람이 사랑스럽게 느껴지고 아름답게 보일 것이라고 생각합니다.

깊고 짙은 사랑의 마음으로 바라보면 풍경처럼 아름답게 다가오고 느껴집니다.

슬퍼서 우는 것이 아니라

간혹 목 놓아 울고 싶을 때가 있습니다.

누구든 사람들이 있는 곳에서 눈물을 흘린다는 것은 그리 쉽지는 않습니다.

그래서 때로는 노래방처럼 울음방이 있어서 목 놓아 울고 올 수 있는 그런 곳이 있으면 좋겠다는 생각도 해 봅니다.

울음은 슬퍼서만 우는 것은 아닙니다.

인간의 감정이 극에 다다르면 울음이 되어 나오는 것 입니다.

기쁨, 아픔, 분노, 슬픔, 즐거움, 사랑, 증오, 욕심, 이 모든 감정이 각각의 개별 상황에서 나오지만 이런 감정들이 극에 다다르면 결국 울음으로 변하는 것입니다.

기쁨의 울음이, 분노의 울음이, 즐거움의 울음이, 애절함의 울음이, 증오의 울음이, 탐욕의 울음이 되는 것입니다.

울음은 슬픔의 결과가 아니라 모든 인간 감정의 최고점입니다.

진정한 사람은 눈물을 흘릴 줄 아는 사람입니다.

차가운 가슴과 냉철한 이성만으로는 큰 사람이 될 수 없습니다.

주변의 불행을 보고 울 줄 알고, 목표를 달성하고 함께한 사람들과 기쁨의 눈물을 흘릴 줄 아는 사람이 멋지고 아름답습니다.

울고 싶을 때는 실컷 우는 것도 마음을 털어내고 비우는 한 방법입니다.

자신의 감정이 밖으로 표출될 때 그 감정의 표출이 사리에 맞는다면 그것이 웃음인들 울음인들 무슨 차이가 있을까요.

제때 울 줄 알고, 울고 싶을 때는 참지 않고 우는 사람
이야말로 참사람의 인간적인 모습입니다.

민낯

민낯은 화장기 없는, 꾸밈이 없고, 꾸미지 않은, 있는 그대로의 본얼굴입니다.

있는 그대로의 자연스러운 모습 그것이 민낯입니다.

자신의 모습을 가꾸어 나가는 것은 좋은 일입니다.

다만, 보여지는 것에 치우치다 보면 진정한 모습이 변질될 수도, 오염될 수도 있음을 알아야합니다.

내적인 모습과 외적인 모습을 함께 가꾸어 나가야 균형이 있는 삶을 살 수 있습니다.

내적인 모습을 감추려 외적인 모습을 꾸미기만 한다면 자신을 속이는 삶을 살아가고 있는 것과 같습니다.

자신의 본모습을 감추고 속이며 평생을 살 수는 없습니다.

언젠가는 드러나게 되어 있습니다.

마음이나 감정에도 가면을 쓰며 살아가는 사람이 많습니다.

자신의 마음과 감정의 민낯을 드러내지 않으면 곪거나 병이 들어 아플 수 있습니다.

가면을 써서 감춘다고 해결되지도 않습니다.

상처나 아픔, 고질적인 문제는 드러내어 해결해야 치유되고 완치될 수 있습니다.

닫혀있고 아픈 내 모습을 화장으로 덮는다고 덮어지지 않음을 알아야 합니다.

덮고 있는 화장과 가면을 벗은 자신의 모습을 거울을 보며 느껴보세요.

앞으로도 그렇게 살아갈 것인지.

아니면 건강한 모습의 나로 탈바꿈해서 멋지고, 당당하고 아름답게 살 것인지.

내 안의 것과 보여지는 것의 균형적인 배움과 가꿈이

함께해야, 자연이 주는 있는 그대로의 풍경처럼 멋지고
아름다울 수 있습니다.

어떤 모습

자연과 인간은 생명의 원천인 잉태와 씨앗에서부터 근원과 미래가 들어 있습니다.

잉태한 인간은 엄마의 자궁 속에서 무한한 사랑의 보살핌 끝에 사람의 탄생으로 이어지고, 자연 속 씨앗도 거대한 자연의 흐름 속에서 흙 속 양분과 물, 태양의 보살핌을 받아 뿌리를 내리고 자라게 됩니다.

인간이 주어진 환경과 본인의 노력 여하에 따라 세상을 살아가듯, 씨앗도 그 속에 담긴 모습으로 나무와 열매, 꽃과 뿌리, 채소 등으로 살아갑니다.

위대한 생명의 탄생과 거대한 자연의 흐름 속에서 잉태와 씨앗은 태아와 새싹으로의 존재의 목적이 숨겨져 있습니다.

다만, 인간은 씨앗과는 다르게 사람으로서 어떻게 살아갈지, 어떤 모습으로 남고 싶을지를 알기에 노력 여하에 따라 인생 마침표는 달라질 수 있습니다.

존재의 목적을 알게 되면 내면의 에너지와 향기를 발산하게 됩니다.

태어나서 어떻게 살아가고, 어떤 모습으로 보이고 남겨질지는 자신의 의지와 노력에 달려 있습니다.

추억의 속도

나는 가끔 추억을 소환한다.

세상은 늘 빠름을 다그치고 재촉하기 때문에 숨 쉴 틈 없는 빠른 삶의 속도에 자신도 모르게 지칠 수가 있다.

그런 가운데 지난 시간 속의 추억으로 들어가 보면 그때의 풍경과 나의 모습이 더디고 느리게 다가온다.

추억이라는 시간의 그늘에 서면 빠른 삶의 속도 속에서도 숨 쉴 틈의 속도를 제어하며 살아갈 수 있다.

추억의 한가운데 서면 삶의 속도를 음미하며 갈 수 있고 느껴보지 못한 아름다운 삶을 만날 수도 있다.

나의 추억은 어떤 모습인지 가끔 소환해 보기로 하자.

추억의 속도는 느리지만 그래서 아름다우며, 느린 속도의 추억이 아름답듯이 우리 삶의 모습도 더디고 느리게 갈 때 더욱더 아름답다.

마음에 울분이 가시지 않았던 시기가 있었다.

상대방의 작은 실수에도 짜증과 화를 냈고 흐르는 눈물을 주체할 수 없었다.

나에게 닥친 그 어떤 상황적 원망과 미련 때문이었는지도 모르겠다.

그렇게 흐르는 눈물에 하나씩 하나씩 내 현실 속 아픔들을 흘려보내고 싶었다.

작은 경계에도 마음이 흔들렸고, 때론 탐하고, 때론 화내며 싸우고 살았다.

내가 희망하고 꿈꾸고 그리던 나의 모습이 아니었다.

사람의 모습은 마음을 떠나지 않는다.

행동 하나, 어투 하나도 모두 마음에서 드러난다.

마음이 한없이 부드럽고 유연해 그 어디에도 얽매이고 집착하지 않고 싶었으며, 구름처럼 물처럼 자유로워지고 싶었다.

그러기 위해서는 마음을 닦고 닦아야만 했다.

그러고 나면 겸손하고 부드러워졌다.

원치 않은 상황에 들거나 직면하더라도 마음에 요동이 없고 흔들림이 없게 되었다.

결국 '나'라는 장벽을 허물지 않는 한 그것은 어쩌면 불가능한 일일 수도 있었다.

마음을 닦는 일 없이 나의 이익과 편함만을 추구한다면 나의 삶은 변색 돼 버리고 말 것이다.

'나'라는 장벽을 허물고 마음을 닦고 닦으면 미움도, 원망도, 욕심도 없어지고 겸손해지며 편안하고 행복해진다.

두 번째 쉼

희
망

인내

'인내는 쓰고 열매는 달다'는 말이 있지요.

역경을 이겨내고 극복한 사람들의 뒤에는 극한의 인내가 있었습니다.

삶에 대한 열정 속에서 가끔은 아무것도 할 수 없을 것 같은 절망적인 상황에서도 인내는 나를 일으켜주는 힘을 줍니다.

인생은 쉬지 않고 쓸쓸하게 추운 길을 나서는 나그네 길입니다.

모진 풍파와 비바람을 이겨내야 열매를 기대할 수 있

습니다.

의지와 함께 내 안의 인내라는 후원자를 발판으로 최후의 마지막까지 그 어떤 고난과 역경도 해쳐나가는 우리였으면 합니다.

깊은 마음의 인내가 우리가 원하는 뜻을 이루어 냅니다.

그 후원자는 먼 훗날 당신의 입가에 미소를 가져다 줄 것입니다.

인생사 고진감래苦盡甘來라고 하지 않던지요.

인내하고 또 인내하고 끝까지 인내하라!

포기하는
마음에
내일은 없다

처음의 어려움을 극복하고 나면 그 다음부터는 쉬워진다.

처음이 어렵지.

포기도 마찬가지다.

무엇인가를 처음 포기하기는 것은 어려워도, 하나를 포기하고 나면 더 많은 것도 쉽게 포기하게 된다.

무엇인가를 놓고 싶어질 때, 자신의 처지를 비관하지 않고 꿈을 잊지 않는 것이 꿈을 이루는 길이다.

희망의 끈을 놓지 않고 혼신의 힘을 내서 자신이 생각

하는 대로 살지 않으면 사는 대로 생각하게 된다.

포기하는 마음에는 내일이 없다.

내일의 희망이, 어둠 속에 빛이 있다고 속삭인다.

자신감의 주문

지금 무엇인가 하는 일이 끝이 보이지 않는 듯한 일이지만, 갈 수 있는 곳까지 가보기로 합니다.

가끔은 오랜 시간 노력했던 일들이 갑자기 허무하게 느껴져 포기하고 싶을 때도 있을 겁니다.

바로 그 '싫은 마음'이 드는 순간이 자신의 삶에 변곡점이 되는, 될 수 있는 순간입니다.

9년 동안 지금까지도 저는 매일 글을 쓰고 있습니다.

지겹기도 했습니다.

귀찮기도 했습니다.

게을러지려고도 했습니다.

그럴 때마다 이런 생각을 했습니다.

'노력이 없거나 적다면 얻는 것도 그만큼 적다'

'무엇인가를 얻으려면 내가 애쓰고 노력한 만큼에 달렸다'는 주문으로 이겨냈습니다.

오늘 이 글을 읽으시는 당신에게 마법의 주문을 겁니다.

당신은 당신이 생각하고 꿈꾸는 그 어떤 것이라도 해낼 수 있는 사람입니다.

당신은 충분히 그런 사람입니다.

나는 그런 당신을 믿으며 먼발치에서 응원하며 지켜보렵니다.

자신이 원하는 성취는 해낼 수 있고, 할 수 있다는 자신감에서부터 싹틉니다.

짝
사
랑

혼자만의 사랑, 이루어지지 않은 사랑, 한쪽의 일방적인 사랑이 짝사랑입니다.

우리가 짝사랑을 잊지 못하는 이유는 최선을 다한 정성의 마음이 녹아 있기 때문일 겁니다.

그 속에는 그리움과 서글픔, 아련함과 애틋함이 서려 있습니다.

짝사랑을 해본 사람은 그 달콤하고 두근두근한 설렘과 짜릿한 느낌의 감정을 잊지 못합니다.

이루어지지 않은 사랑이지만, 이루지 못한 사랑이지만 정성을 다한 마음이 있었기에 오래도록 기억 속에서 지워지지 않는 것처럼.

　꿈도 마찬가지입니다.

　우리는 모두 꿈을 꾸고 계획도 하고 노력도 하지만 그 꿈에 도달하고 이루어 낸 사람들보다도 이루지 못한 사람들이 더 많다는 사실입니다.

　그 꿈에 도달하지 못하였더라도, 이루지 못하였더라도 실망하거나 후회하지는 않았으면 합니다.

　결과가 오지 않더라도, 목표에 도달하지 못하였더라도 그것이 잘못 산 인생은 아니니 그 과정을 여유를 가지고 즐기며 살아간다면 그것으로 충분하지 않을까요?

　내가 걸어온 발자국을 돌아보며 여기까지 잘 왔노라고, 참 애썼노라고 말할 수 있으면 그걸로 족할 것입니다.

　다시 분발해서 노력하면 될 테니까요.

　먼 훗날 그 짝사랑의 마음을 떠올릴 때면 정성을 다한 그 마음은 아련한 추억이 되어 우리 곁에서 늘 함께할 것입니다.

당당하게

우리가 사는 동안에 꽃길과 가시밭길은 함께합니다.

과거와 현재 그리고 앞으로도 그럴 것입니다.

변화무쌍한 인생은 자연과 같아 한 치 앞을 내다볼 수 없습니다.

어떤 때는 고통과 아픔을 주기도 할 것이고 시련과 슬픔도 안겨 주기도 할 것이며 절박함의 나락으로 내몰기도 할 것입니다.

반면, 기쁨과 즐거움, 행복한 일들 또한 줄 것이며 사랑이 충만하고 웃는 날들이 많은 그런 시간도 있을 것입니다.

그런 가운데 어려움을 겪게 되면 그것을 잘 받아들여 슬기로움과 지혜로움을 배우는 과정이라 여기고 현명하게 극복해 내어 한 단계 성숙할 수 있는 긍정적인 마음으로 이겨내면 됩니다.

좋은 일들이 찾아오면 겸손과 미덕의 마음으로 배려하고 나누며 낮은 마음의 자세와 더불어 사랑을 나누며 살아가면 됩니다.

분명한 것은 그 어떤 일들이 오더라도 그것을 좋은 쪽으로 받아들이는 정신과 마음의 자세를 늘 각인시켜 두어야 합니다.

그러면 그 어떤 가시밭길이 닥치더라도 헤쳐 나갈 것이고, 그 너머의 꽃길이 오면 즐겁게 맞이하고 걸어가면 될 것입니다.

꽃길과 가시밭길도 우리 인생의 여정 속에 있는 것이기에 두려움 없이 당당하게 자신의 의지대로 살아가면 됩니다.

가시밭길의 종착지는 꽃길입니다.

기
쁨
의

눈
물

맛

꿈 많았던 아이에서 그 꿈들을 찾고 만나기 위해 애쓰
며 지나온 젊음의 시기.

그렇지만 현실의 괴물은 그런 꿈 꿀 시간과 생각조차
집어 삼켜버렸다.

어느새 그 꿈들은 과거의 기억 속 생각에 머물러 있고
꿈을 잃어버린 채 살아왔다.

그리고 어느덧 나이만 들어버렸다.

무엇을 하며 살았는지?

무엇을 위해 살았는지?

무엇을 위해 사는 건지?

돌아서면 눈물만 흐를 뿐이다.

이제 순수했던 그때 마음속의 꿈을 과거의 기억에만
두지 말고 지금부터라도 해야만 하는, 할 수 있는 것이
있다면 끄집어내어 시도해보았으면.
다시 한 번 후회하지 않으려면.
기쁨의 눈물 맛을 보았으면.
더는 늦기 전에.
후회 없는 인생을 살았으면 좋겠다.

언제나 그대를 믿고 응원할 테니.

믿음 하나로

매일 후회를 하고 다시 다짐하는 우리입니다.

그 속에서 한층 성장한 나의 모습을 꿈꾸며 살지만 내가 상상했던, 기대했던 나의 모습과는 다른 모습일지라도.

그렇다고 포기하거나 좌절하지는 마세요.

희망을 버리지도 마세요.

다만 내가 바라고 꿈꾸는 그것이 그리 쉽게 내 앞에 오리라는 착각은 버리세요.

냉혹한 현실을 직시하세요.

그리고 다시 시작하세요.

새로운 마음가짐으로 그 현실 속에 뛰어들어 당당히 맞서 나가세요.

애정을 가지고 자신감과 열정의 마음가짐으로 최선을 다해가는 스스로의 모습에 격려도 해줘가며 한 발 한 발 나아가다 보면, 자신이 생각하고 꿈꾸는 그곳에 어느 순간 성큼 다가가 있는 '나'를 만날 수 있을 것입니다.

자신 안에는 충분히 해낼 수 있는 무한한 잠재력을 지니고 있다는 것을 절대 잊지 마시길 바라며.

자신에 대한 믿음은 그 어떤 결과물에 대한 시작입니다.

노력하고 버티면

어떤 이는 꿈을 이루어 만족할만하게 살고,

어떤 이는 꿈은커녕 하루하루 버겁게 숨만 쉬며 살아갑니다.

우리는 알고 있습니다.

내일은 내일의 태양이 뜬다는 사실을.

지금은 풍족히 만족스럽게 사는 사람도 하루아침에 나락으로 떨어질 수 있다는 사실을.

현실이 지독하고 냉혹하게 버겁더라도 어느 날엔가는 지금보다 조금은 나은 기쁘고 즐거운 행복한 삶을 살 수 있는 날이 오리라는 사실.

그러니 지금 조금 어렵고, 힘들고, 버겁고, 괴로울지라도 빛과 그늘은 함께 한다는 사실을 인지하여 포기하지 않고 꿈과 희망을 위해 더욱더 열심히 살아가야 합니다.

우리의 내일이 어떻게 펼쳐질지는 그 누구도 모릅니다.

긍정과 희망의 마음 씨앗을 뿌려서 잘 키워나가면 역경과 고난의 열매가 금은보화가 되어 주렁주렁 열매 맺는 그날이 반드시 올 겁니다.

희망에 대한 예의

사람이라면 누구나 바라는 것이 아마도 희망일 것입니다.

그런 희망은 아무에게나 아무렇게 다가가거나 찾아오지 않습니다.

준비된 자에게 기회가 주어지고 다가오듯, 희망도 그런 사람에게 찾아옵니다.

준비도 하지 않으면서 희망은 없다고 자포자기의 불평불만을 털어놓는 사람에게 희망인들 오고 싶겠는지요.

그것은 희망에 대한 예의가 아님을 알아야 합니다.

희망도 간절하게 희망에 대한 예의를 갖춘 이에게 민

들레 홀씨가 되어 바람에 실려 다가갈 것입니다.

늘 최선을 다하고 긍정적인 마음으로 자기 일을 묵묵히 해나가다 보면 어느새 눈앞에 다가와 있을 겁니다.

그렇게 손님을 맞을 준비가 되어 있다면 희망은 노크를 할 것이고, 당신은 문을 열어 반갑게 맞이하면 됩니다.

손님 맞을 준비가 되어 있지 않으면 희망은 절대 노크를 하지 않을 겁니다.

당신이 포기하지 않고 꿈꾼다면 희망은 우리 곁에서 늘 함께할 것입니다.

온전한
당신의 밤

지치고 힘들었던 하루 일과 뒤에 찾아오는 밤은 당신에게 어떤 시간인가요?

쌓여있는 업무와 일에 치여 웃음도 잃어버린 채 싫어도 웃고 지내야 했던 당신의 낮.

우리가 하는 일에는 사람이 있습니다.

혼자 하는 일들도 결국엔 사람을 만나게 되어 있습니다.

그런 가운데 누군가의 말과 표정 행동 등으로 상처받고 속내를 숨기고 원치 않은 나의 진짜 감정들도 억눌러야 해서 지칠 때도 많습니다.

제 아무리 강한 내공의 소유자라 해도 피곤하고 지치

기는 매한가지입니다.

강도의 차이와 이겨내고 벗어나는 능력의 차이가 있을 뿐입니다.

그런 다친 마음을 어루만져 주기에 퇴근 후의 밤만큼 좋은 시간도 없습니다.

온전한 나만의 시간이지요.

꽉 조였던 넥타이며 셔츠와 겉옷을 벗고 무거운 가방도 내려놓고 밤하늘의 별과 달을 보며 상쾌한 밤공기로 달래도 봅니다.

좋은 사람과 차 한 잔 나누기도, 술 한 잔 건네기도, 맛있는 음식을 함께 하기도 할 겁니다.

낮의 크고 작은 마음의 생채기들도 아물 것이고, 피곤하고 지친 마음도 편안해질 겁니다.

그러고 나면 당신의 내일은 익숙하고 능숙해져서 상처 받는 일도 없을 겁니다.

어쩌면 팍팍한 삶에 밤이라는 여유의 공간이 있다는 것만으로도 행복이지 싶습니다.

오늘 하루도 수고한 당신의 밤은 그 누구의 밤보다 눈부시고 아름답습니다.

우리는 시인이 된다

길고 긴 겨울 속 꽁꽁 얼었던 대지를 뚫고 어느덧 파릇파릇한 새순과 앙증맞은 꽃망울을 터뜨리며 여기저기 형형색색 봄소식을 알린다.

산수유와 유채꽃, 개나리와 벚꽃까지 여기저기서 봄이 왔다고 아우성친다.

꽃과 나무들을 바라보는 우리의 입가에도 봄꽃처럼 미소가 번진다.

모두가 꽃구경 가자고 난리다.

그런 우리는 이미 시인의 눈과 마음이 되었다.

봄이 되니 우리의 눈과 마음에도 시인이 바라보고, 생각하고, 느끼는 아름다운 지상낙원이 보이고 느껴진다.

새봄이 좋은 이유다.

봄과 함께 사람들의 마음에도 아름다운 사랑의 뭉게구름이 피어난다.

승자로 만드는 사고

인생이란 삶을 살아가는 우리의 길은 여간 순탄치가 않습니다.

힘들고 어렵게 고생도 하고, 역경의 파도도 만나지요.

그때마다 더욱더 단단해지며, 이겨 낼 힘을 기르고, 인내하며 극복해 내는 우리입니다.

젊어서 고생은 사서도 한다는 말은 그렇게 큰 어려움을 딛고 일어선 사람이 크게 되며, 아픔과 고통을 겪어 본 사람이 성공한다는 말입니다.

그렇다고 그런 삶을 찾아서 겪는 사람은 없겠지요.

일부러 아픔의 쓴잔을 마시는 사람도 없고, 고통의 불 속으로 들어갈 사람은 없겠지요.

결국엔 긍정적 사고와 마음가짐입니다.
어렵고 힘든 처지에 처했을 때 용기를 갖고, 희망을 잃지 말라는 주위의 말은 포기하지 말고, 새롭게 시작하라는 뜻입니다.
그렇게 이겨냄의 방법들이 내 안에 축적되어 자신만의 삶에 대한 노하우가 되고, 삶에서의 승자가 될 수 있다는 뜻입니다.

인간은 누구든지 나약해질 수 있으며, 절망의 나락으로 떨어질 수 있습니다.
그럴 때일수록 긍정적이고 희망적인 사고와 마음을 가져야 하는 이유가 있습니다.

지쳐서 힘들어 모든 것을 포기하고 싶은 좌절감에 빠져 모든 것을 다 놓아버리고 싶을 때.
그럴 때 긍정적 시각으로 생각해야 하는 이유는
그러한 일들이 나를 다시 일어서게 하고,

쓰러지려는 자신을 일어서게 하는 원동력이 되기 때문입니다.

긍정과 희망의 사고가 내 삶의 승자로 만드는 길입니다.

어리고 연한 작은

매서운 겨울 추위에 대지는 모든 것이 그야말로 꽁꽁 얼어붙어버린다.

얼마나 단단히 얼었으면 곡괭이나 도끼, 삽과 낫이 부러질 정도다.

그런 가운데 사람들은 내복과 점퍼, 목도리와 장갑에 꽁꽁 싸매는 중무장에도 춥다고 난리다.

그런 혹한의 땅을 뚫고 나오는 것이 있다.

여리고 연한 작은 새싹들이다.

그 어떤 위대한 힘을 지녔는지, 언 땅을 헤집어 제치

고 나온다.

　자연의 생명이란 참으로 신비롭고, 경이롭고 위대한
것이다.

그것이 곧 행복이다

내가 가진 것이 얼마나 소중하고 귀한 것이었는지를 깨달으면 알 수 있습니다.

그 가진 것을 알기 위해서는 그것들과 멀리 떨어져 보거나 이별해 보면 알 수 있습니다.

익숙한 것에서 멀어져 보거나 애써 외면해 보면 내가 가지고 있는 것과 내 곁에 있는 것들의 소중함과 귀함을 깨달을 수 있습니다.

등잔 밑이 어둡고, 내 눈의 안경을 보지 못하는 것이 우리 인간입니다.

행복은 역설적이기에 해외 생활이나 며칠 또는 몇 달

정도 떠나 있다가 돌아와 보면 그간의 행복했던 것들이 느껴지는 원심력과도 같은 원리입니다.

간단하게는 내 몸이 감옥에 있다고 생각해 보면 내가 지금 얼마나 행복한지, 내 주변의 소중하고 귀한 것이 무엇인지를 바로 알 수 있습니다.

행복은 멀리 있지 않습니다.

내 가까이 내 곁에서 늘 함께하고 있습니다.

내가 가진 것, 내 곁에 있는 모든 것들을 사랑하면 그 것이 곧 행복입니다.

마
라
톤

당신은 지금 인생의 어느 지점과 어느 방향을 향해서 달리고 있나요?

혹시 하는 일이 뜻대로 되질 않아 되는 대로, 편한 대로 하루를 보내고 있지는 않은지요.

혹시 지금은 비록 별 볼일 없는 존재지만 언젠가는 당당하고 멋지게 나 자신을 펼쳐 보일 날이 있을 것이라는 막연한 기대를 걸고 있진 않은지요.

우리는 태어난 그 시간부터 인생이라는 긴 마라톤을 외롭게 뛰어가야 합니다.

우리가 살아가는 일 자체가 외로움과의 지루한 달리기입니다.

하루하루 살다보면 일상의 무게가 버겁고 견디기 힘들어 이쯤에서 그만두고 싶은 생각도 문득 문득 들겠지요.

어떨 때는 '컨디션이 안 좋아서', 또 어떨 때는 '내일부터 다시 시작하지 뭐' 이런 핑계의 마음도 들 겁니다.

그러다 보면 하루하루의 계획들이 정리정돈 안 된 책상처럼 점점 쌓여만 가겠지요.

그렇게 미룬 일들은 어느새 습관이 될 거고요.

지금도 해야 할 일들과 미루어 놓은 일들에 치여서 하나 둘씩 포기하는 일들이 생겨날 겁니다.

미루고 미루면 밀리게 되고 귀찮아 잊게 됩니다.

자 여기서부터가 중요합니다.

내가 해야 할 일들을 떠올려 봅니다.

내가 그 일을 해냈을 때의 성취감을 떠올려 봅니다.

그리고 구체적으로 해야 할 일들을 적어봅니다.

언제 집중하고, 어떠한 결정을 내려야 할지를 마음속으로 그려봅니다.

그렇게 적극적으로 일을 처리하다 보면 어느 순간 밀

어지지 않을 정도로 모든 일들이 순탄하게 풀려나가는 것을 경험하게 됩니다.

우리가 달려가야 하는 곳은 '바로 지금 여기'라는 인생길입니다.

내일의 거창한 계획들은 언제 사라질지 모릅니다.

이 시간에 누군가는 먼저 출발했을 수도 있고요.

힘들고, 외롭고, 어렵고, 버겁지만 바로 지금의 순간들과 나약해지려는 자기 자신과 싸워나가야 합니다.

일상이 주는 외로움, 그리고 미루려는 안일함과 우린 경쟁해야합니다.

희망과 긍정 그리고 상상하는 미래를 위해서 지금 내가 하고 있는 일에 부딪히고 싸워나가야 합니다.

좋은 날

나는 진정 하루를 얼마나 소중하게 여기며 살고 있는가.

하루는 기나긴 인생의 작은 시간이다.

그런 하루는 또한 인생의 전부다.

오늘 떠난 하루는 내일 다시 돌아오지 않는다.

하루의 소중함을 아는 사람은 삶을 진정 사랑하는 사람이다.

일상의 행위와 만남 그리고 시선의 느낌까지 음미하며 느끼며 사는 사람에게는 삶의 모든 것이 소중하고 감사하다.

날마다 오늘도 좋은 날을 외치는 그것이 진정 삶을 사랑하는 법을 배운 사람이 살아가는 일상의 모습이다.

오늘이라는 하루 속에 나를 그려 넣는 아침이면 나는 참 행복하다.

햇살과 새소리와 꽃향기가 가득한 하루의 아침과 시간이 내 손 안에 주어졌다.

날마다 좋은 날들을 위하여!

하루의 소중함을 느끼게 되면 인생의 소중함을 알게 되어 허투루 살지 않게 된다.

인생길을 살아가다 보면 때로는 원치 않게 어려움에
부닥치기도 하고, 손해를 입어 화가 나고 분노가 치미는
경우가 생깁니다.

어쩔 수 없는 일은 그냥 받아들여야 마음이 편안해집
니다.

그럴 땐 전생의 빚을 갚았다고 생각해 보자고요.

언젠가는 갚아야 할 빚을 이제서야 갚는다고 생각하
면 마음이 조금은 편안해질 겁니다.

그리고 나쁜 감정이 들 때면 자연을 벗 삼고 심호흡을
통해 고요한 이완의 편안함에 들면 마음의 평안을 얻을

수 있습니다.

지나친 긴장은 경직을 부르고 흥분은 모든 것을 그르치게 합니다.

마음의 평안을 얻게 되면 이 세상을 행복하게 미소 지으며 살아가라고 내면의 자아가 속삭여 줄 겁니다.

바쁘고 빠른 세상 속이지만 그 마음을 고요하게 해줄 겁니다.

그러고 나면 괴로움과 고통, 아픔과 상처를 맞았으나 마음에는 상흔이 없는 지혜를 얻게 됩니다.

얻음과 잃음 역시 그 과정의 시간 속에 있는 것입니다.

지금 당신은 어떠한 마음가짐과 모습으로 시간 위를 걷고 있는지 자신에게 물어봅니다.

세상은 과정 속에 있을 뿐이고, 우리는 그 과정을 사는 존재일 뿐입니다.

세 번째 쉼

반
성

홀
로
의

나
태

습관의 힘은 그것을 어떻게 자기 것으로 담아내느냐
에 따라 다양한 스펙트럼으로 나타납니다.

특히나 홀로 있을 때의 습관은 보이지 않는 것 같지만
다 드러나게 되어 있습니다.

함께 있을 때는 하지 않거나 보이지 않는 언행의 습관
들이 홀로 있을 때 드러나는 경우를 많이 보게 됩니다.

침을 뱉거나 쓰레기를 함부로 버린다든지 거침없는
욕을 한다든지, 공공질서를 무시하는 행위나 예의범절
이 없는 행동 등을 접할 때가 있습니다.

어떻게 보면 자신을 속이고 기만하는 행위임에도 습관이 되어 버려 자각하지 못하는 지경에 이른 것입니다.

잘못됨을 인지하지 못하고 함께 있을 때의 생각이나 행동에 가면을 쓰며 살아가는 것입니다.

결혼한 사람들에게 많이 듣게 되는 말 중에 '이 사람이 이런 사람이었어?'라는 경우나 '법 없이도 살 사람'으로 알고 있었는데 상상하지도 못할 범죄를 저지른 사람으로 나타나는 경우도 마찬가지입니다.

언제 어디서나 타인이 있건 없건, 보든 안 보든, 보지 않는다고 보이지 않는다고 해서 어긋나는 생각이나 언행을 하게 되는 이유는 '타인 없음'의 해방감에 내 맘대로의 쾌락과 안락을 추구하는 이기적인 정신과 육체의 유혹에 쉽게 빠져들기 때문입니다.

그리고 그것이 무의식 중에 습관이 되어 버려 고칠 수 없게 되는 것입니다.

그래서 홀로 있을 때도 방심하지 않고 자신에 대한 속임을 없애고, 기만하지 않으며 정직한 습관을 들여야 합니다.

정신과 육체로부터의 분리된 진실한 그 마음의 독립

을 홀로 있을 때도 지녀야 하겠습니다.

　가장 작은 것이 가장 잘 드러나고, 가장 깊이 숨어 있
는 것이 가장 잘 드러납니다.

무수히 많은 말들을 하면서 살아가는 우리.

그 말 가운데 대부분은 나의 이야기보다 타인의 이야기이다.

좋은 이야기가 아니라 타인의 약하고 아픈 곳만을 이야기하면서 기쁨을 찾고 살지는 않는지 되물어 본다.

생각이 깊은 사람은 말을 하지 않고 생각을 한다.

반면 생각이 없는 사람은 여러 이야기를 생각 없이 한다.

자신이 책임시지 못할 말을 해서는 안 된다.

그러나 많은 사람이 확실한 것도 아닌 추측을 하고 총 칼보다 무서운 말을 함부로 만들어 내고 확대 재생산 하고 있다.

아니면 말고 식으로, 여기에는 뒷감당이나 책임은 없다.

나의 입에서 떠난 말은 책임으로 돌아온다.

이제부터라도 좋은 말로 위로하고 격려하고 힘을 돋우어 주는 그런 말을 나눈다면 얼마나 우리 삶이 풍요롭고 아름다워질지.

조용한 물은 깊듯이 말에도 깊이가 있어야 한다.

침
묵
의

시
간

빈 수레가 요란하단 말은 속에 든 것이 없는 사람이 시끄럽게 떠들어대며 잘난 체하거나, 허세를 부려 아는 척하며 말만 번지르르한 실속 없는 사람을 뜻합니다.

말이 많다고 무조건 나쁜 것은 아니지만 자신을 말로써 지나치게 포장하면 오히려 치부를 들키게 될 수도 있으니 신중하라는 뜻이기도 합니다.

말이란 아끼고 아껴서 신중하게 사용하면 명약이나 보약이 되지만 가볍게 남발하듯 사용하면 오히려 독이 됩니다.

현명한 사람이 되려거든 이치에 맞게 묻고, 조심스럽

게 듣고 담담하게 대답해야 합니다.

　말을 다 끝냈으면 침묵의 시간을 가져야 함은 물론이
겠지요.

　속이 꽉 찬 사람은 어느 자리에서도 빛이 납니다.

다짐

공염불空念佛은 부처님의 가르침을 지극정성의 마음을 담아 소리 내어 말하는 염불에서 나온 말이다.

우리는 늘 다짐과 약속을 하며 산다.

수없이 많은 약속과 다짐의 말을 도장 찍듯 뱉어낸다.

뱉으면 주워 담을 수 없는데도 함부로 말이다.

나 또한 그렇게 무의식 속 습관처럼 스스로에게, 타인에게도 그러했을 터.

지키지 못할 것이라면 말하지 않았어야 했다.

입으로만 쫑알쫑알거리지 말았어야 했다.

세 치 혀로 떠들기만 하는 공염불이 되지 않도록 했어

야 했다.

진실하지 않고 세치 혀와 입 끝으로만 외치는 공염불이 되지 않도록 지금부터라도 선서와 서약을 하듯 진실한 마음으로 약속과 다짐을 하려 한다.

스스로를 기만하며 살지 않고 타인에게 가식적인 헛소리와 빈말이 되지 않도록 말이다.

말에는 다짐이 있고, 다짐은 지키라고 있는 것이다.

냉정하게 자신에게 물어본다.

나는 과연 어떤 사람인지.

무엇을 좋아하는지.

무엇을 싫어하는지.

타인의 장점보다 단점을 지적하고 말하지는 않는지.

자신을 낮추고 겸손하기보다 으스대고, 잘난 척하고,
뽐내며 과시하지는 않는지.

지혜롭고 현명한 사람들과 어울리기보다는 놀기만을
좋아하는 유흥의 사람들이 수위에 가득하지는 않은지.

거울을 보며 자신에게 물어 볼 일이다.

그러면 당신의 십 년 후가 보인다.

오늘 열심히 최선을 다하지 않으면 지금과 같은 상황의 나를 만나게 된다.

'십 년만 젊었어도'와 같은 미련과 후회만 느끼게 된다.

십 년이 젊은 날은 지금 당신의 모습과 노력에 달려 있다.

십 년 후 당신의 인생에서 미소 지을 수 있는 당신이었으면.

지금의 삶에는 십 년 후 당신의 모습이 들어 있다.

우리 인간은 사회적 동물이다.

혼자서는 살아갈 수 없는 것이 세상이다.

나를 낳아준 부모가 존재하여 친구와 벗, 선후배와 스승, 동료와 연인도 만날 수 있기에 한 인간으로서 살아갈 수 있는 것이다.

우리는 그렇게 각자의 역할 속에서 살아가는 것이다.

즉, 타인이 없으면 내가 없는 것과 같다.

누군가는 자신보다 먼저 승진하거나 부와 명성을 얻었다고 배 아파하고 꼬투리 잡을 것은 없는지 샅샅이 뒤져 험담을 하고 다니는 사람늘도 있을 것이다.

반면, 자신이 지니고 있는 지식과 역량을 나누어 그들이 잘 되도록 도와주는 사람들도 있을 것이다.

내가 성공하길 원한다면 타인의 성공도 도와야 하듯 계산적인 이익을 따져 살면 한순간에 모든 것을 잃을 수도 있음이다.

서로가 공생하며 사는 것이 삶이다.

부모가 없으면 내가 없고, 사람이 없다면 성공이란 단어는 존재하지 않는다.

완벽함을 주지 않은 이유

세상에는 나를 좋아하는 사람도, 싫어하는 사람도, 시기하는 사람도, 질투하는 사람도, 욕하는 사람도, 미워하는 사람도, 배 아파하는 사람도, 그저 그렇게 생각하는 사람도 있다.

그렇기에 모두에게 인정받고 사랑 받고 칭찬받기란 불가능한 것이다.

모두에게 인정받고 칭찬받으려 하면 내 몸과 마음이 피곤하고 삶이 고단하여 힘들게 된다.

부족하고 미흡한 것이 있다면 앞으로 좀 더 분발하고 나심하고 노력하여 자신다운 모습으로 그렇게 가다듬어 나가면 된다.

　더 나은 내일의 나를 꿈꾸고 생각하며 사는 우리지만, 늘 부족하고 미흡하지만, 조금 더 나아지려고 애쓰는 모습 또한 사람다운 모습이라 그저 감사할 따름이다.

　욕심이 많은 인간에게 완벽함을 주지 않은 이유는 낮고 겸손하게 살라는 뜻이 담겨 있다.

내
려
놓
음

하후상박下厚上薄은 '아랫사람에게는 후하게, 윗사람에게는 박하게'라는 뜻으로 주로 임금 협상에서 쓰는 말이다.

그렇지만 진정한 속뜻은 세상인심이 있는 자, 가진 자에게 기울어지니 그것을 경계하라는 무거운 의미가 담겨 있다.

조금 더 가진 쪽이 덜 가진 쪽의 마음을 헤아리는 것,

나의 위치나 직위가 높지만 아래에 있는 사람들을 두루 살펴주는 것,

조금 더 배운 사람이 그 배움을 나눔하는 것이 아닐까?

그리하여 나에게 엄격하고 남에게 관대하라는 뜻이 숨겨있지 않을까?

사람 사는 인정이 이렇듯 서로서로 인지상정人之常情으로 이해하고 존중해 주며 살아간다면 더할 나위 없이 좋겠다.

하후상박은 덜 가지고, 더 내어주는 내려놓음의 마음 표현이다.

당신의 주름

어른이 된 자식은 너무도 많이 수척하게 변해버린 부모님의 손을 꼭 부여잡고 말합니다.

"건강해야 해."
"우리랑 오래오래 재미나게 즐겁게 살아야 해."
"여행도 다니고 맛있는 것도 먹으러 다니고 손주들 커가는 것도 봐야지."
"너무 빨리 늙으면 안 돼. 알았지?"

그런 자식의 기대와 마음에도 불구하고 부모는 세월

의 시간과 함께 늙어갑니다.

그런 자식은 다 제 탓인 것만 같아 속상하고 죄송한 마음뿐입니다.

노쇠해진 얼굴 주름은 밭고랑처럼 굴곡져 있고 손과 발은 쭈글쭈글, 어깨는 좁아졌고 허리도 구부정해지고, 머리카락은 이미 백발이 되었으며 걸음은 가다 쉬기를 반복하고 눈은 점점 침침해지고 몸은 여기저기 쑤시고, 기억력마저 흐려져 병원과 약에 의존하며 살아가는 부모님입니다.

늙는다는 것은 퍽 서글픈 일입니다.

부모님의 이마에 늘어가는 주름은 자식의 마음을 더욱더 애잔하게 만듭니다.

젊은날 두 팔에 자식을 안고 있는 부모님을 보는 것만큼 아름답고 사랑스러운 모습은 없었습니다.

여러 자식에게 둘러싸인 부모님처럼 존귀한 것은 세상 그 어디에도 없습니다.

그렇게 키워주신 당신이 나의 아버지이고, 어머니이며 부모님입니다.

부모님을 보며 나를 보지만, 짧기만 한 우리네 인생이

야속하기만 합니다.

사랑하며 살아도 참 부족한 시간입니다.

곁에 계실 때 안 계실 마음까지 헤아려 듬뿍듬뿍 사랑을 나누며 살았으면 좋겠습니다.

세상에서 가장 소중한 것이 나의 몸이지만, 그 몸을 주신 것은 부모님입니다.

부모의 여유

노력한다는 것은 방황한다는 것이고, 방황한다는 것은 노력한다는 뜻이다.

지인의 이야기를 빌려 본다.

그에게는 중학생 아들이 있다.

아들은 절대로 방황하지 않는단다.

시험 성적의 걱정과 고민도 없단다.

예를 들면 성적표에 나오는 점수나 알파벳 평점이 낮더라도 아주 진지하게 이렇게 얘기한단다.

'내 밑으로 몇 십 점이 있고, 평점은 그저 알파벳일 뿐'이란다.

듣는 그는 넋이 빠지고 어이없어하다가 야단칠 엄두도 못 낼 뿐더러 속만 새까맣게 타들어간다.

그러다 그는 이렇게 말한다.

사랑하는 아들이니 내가 더 이해해야지.

무작정 바꾸려 하고 시키면 시키는 대로의 명령형 부모였다면 아들은 숨막혀 했을 것이고, 혼란과 분란만을 가중할 뿐이라고 한다.

철저하게 방황하지도 않고 노력하지도 않는 아들이다.

이 대목에서 이런 생각이 든다.

과한 관심과 사랑으로 감시자로서 아들을 들들 볶거나 공부와 성적 이야기만을 하게 된다면 아들은 과연 어떻게 될까?

때로는 역량이나 능력치가 부족하더라도 그것을 부모라는 이름의 지위나 권위로 채우려 든다면 트러블이 생길 수밖에 없다.

그 채워야 하는 것에 대한 노력치가 남아 있다고 생각하면 서로가 마음이 편하지 않을까?

아직은 성장하는 시기고 나이니까.

부모의 여유와 기다림으로 지켜봐 주고, 기다려 주면

자신이 알아서 방황하고 그만큼 노력으로 채우게 될
테니.

  기다려 주고, 지켜봐 주는 여유로 이해하고 소통하는
부모의 모습이 명품 교육이다.

공허함만 남아

한 홉도 안 되는 얕은 지식과 얇은 재능 팔이에 눈먼 사람들이나 자신의 우월적 지위와 권력으로 사리사욕을 채우며 끝내는 자신의 잘못을 인정하지 않는 사람들이 있다.

상대의 정당하고 옳은 지적의 말도 무시하고 들은 체하지도 않고, 자신의 맹목적인 관점으로만 이해관계를 논하며 억지 궤변만 늘어놓는 사람들도 있다.

마음이 진실하지 않으면 선을 행하고 악을 버려야 함을 알아도 실천하지 못한다.

비록, 그 어떤 성공이나 결과물을 얻었더라도 그것은

거짓이기 때문에 쉽게 무너지고 없어져 버리고 공허함만 남는다.

이들은 지독히 나쁜 독선자이자 위선자들이다.

결국에는 자신 스스로 죄악을 속으로 키워내 궁극에는 파멸에 이르고 만다.

"하루라도 착한 생각을 하지 않으면 모든 죄악이 스스로 일어난다."라는 말이 있다.

실천의 행함으로 잘못의 죄를 짓지 않는 삶을 살아야한다는 뜻이다.

자신의 악함을 타인에게 선함으로 속이며 기만하지말자.

잔머리 굴려 보아도, 스스로를 위장하고 기만해도 그런 행동의 말로는 거짓이었고, 가식이었으며, 진실이 아님이 드러나게 되어있다.

몸을 닦고 그 마음을 바로잡아 마음속에 진심의 진실을 채워나가는 삶이 자신을 기만하지 않는 삶이다.

힘을
빼
라

무엇인가를 하게 되면 힘이 들어가게 됩니다.

잘 하려고 말이지요.

결국 힘을 빼야 하는데 그것이 쉽지만은 않습니다.

평생을 가도 그 힘 뺌의 깊은 의미를 모르고 살아가는 사람이 대부분입니다.

라디오를 듣다 보면 저녁이나 새벽에 들리는 아나운서나 진행자의 목소리가 흘러나올 때 느낍니다.

차분하고 조용한 목소리로 잔잔하게 진행해야 하는데 가끔 살짝 들뜬 목소리의 기분이 들 때 그것을 유지하기가 얼마나 힘들다는 것을 느낄 때가있습니다.

그도 사람인지라 그날 그때그때의 상황과 감정이 있기에 편안하고 자연스러움을 적당한 페이스로 유지하기가 쉽지는 않을 겁니다.

비단 저녁과 새벽 라디오 진행자에 국한되지는 않습니다.

우리가 하는 모든 것에 해당하지 않을까 생각합니다.

42.195km를 달려야 하는 마라톤 선수, 3라운드 5분을 버텨내야 하는 격투기 선수, 축구 선수들의 전후반 90분의 경기도 힘을 빼고 긴 시간을 잘 활용해야 마칠수가 있습니다.

또한, 화가 났을 때 말을 하다 보면 차분하게 하다가도 자신도 모르게 목소리 톤이 올라가고 흥분하게 되어 좋지 않은 결과를 초래할 수 있습니다.

지치지 않고 하루를 건강하게 잘 살아내기 위해서는 적절한 힘 조절 능력이 필요하듯이 우리의 인생도 긴 호흡으로 욕심과 과욕을 버리고 자신만의 호흡을 유지하며 가야하지 않을까 싶습니다.

힘이 들어가게 되면 몸이 경직되고, 마음도 급하게 되

어 목소리 톤이 올라가 말이 거칠어지게 되니까요.

　힘을 빼라는 말은 깨어 있는 정신으로 잔잔한 마음의
물결을 유지하며 가라는 의미입니다.

어느 순간부터 나에게 청개구리 기질이 있음을 알게
되었다.

단적인 예로 나는 시계를 오른손목에 차고, 수트를 손
목 위로 걷어 올리고, 낯선 곳을 잘 찾아다닌다.

오른손잡이이지만 왼손도 잘 사용한다.

왼쪽 팔을 자주 써서 그런지 팔씨름도 왼팔이 더 세다.

남들이 다 하는 것, 가진 것, 환호하고 열광하는 것,
유행하는 것 등 남들이 당연하게 생각하는 것들에 나는
이끌려 가기를 거부했으며 싫어했다.

당연시 여기게 되면 습관의 통념에 사로잡혀 안일하

게 되어 진취적이고 창의적인 창조성이 발휘되지 않을
수 있다고 생각했다.

　남들이 당연하게 여기는 것에 의심과 질문을 가져야
한다.
　세상 모든 것은 변하고 바뀌며, 다양하고, 무한하다.
　특히, 사회적 관념과 통념에 무작정 따라야 하는 것에
경계를 가져야 한다.
　그리해야 뻔한 세상이 아닌 새롭고 놀라운 세상을 경
험하게 될 테니까.
　때로는 익숙한 것이 아닌 반대쪽의 새로움이나 색다
름도 느껴보아야 낯선 것에서의 어색함과 거부반응, 부
담과 어려움도 이해할 수 있고, 이겨낼 수 있으며 받아
들일 수 있게 된다.
　기본과 원칙은 필요하고, 지키고 따라야 하지만 그 외
의 시선과 생각, 상상과 행동에 있어서는 또 다른 청개
구리의 기질을 지닐 필요도 있지 않을까 싶다.

　두려움은 시도하지 않는 마음에서 오는 것이니 낯설
고, 두렵더라도 가보자.

어른과 꼰대

흔히 우리가 말하는 어른이란 자기의 모든 일에 책임을 질 수 있는 사람, 나이나 신분과 지위가 높은 사람을 말한다.

요즘 들어서는 권위적인 사고방식을 가진 어른을 비하하거나 자신의 사고방식을 타인에게 강요하는 직장 상사나 나이 많은 사람을 꼰대라고 하기도 한다.

인생 100세 시대에 접어들면서 어른으로 살아갈 날들이 더 길어진 오늘 날이다.

어렸을 땐 취업을 하고, 결혼해서 아이를 낳으면 저절

로 어른이 되는 줄 알았다.

그러나 지금의 시대에는 나이를 먹었다고, 경제적으로 큰 부를 얻었다고, 자식을 낳았다고 해서 모두 어른 대접을 받는 시기는 지난 것 같다.

그렇다면 우리 사회에서 공감하는 어른의 조건은 무엇일까?

낡은 꼰대가 아닌 멋진 어른을 꿈꾸는 우리에게 앞으로의 어른의 모습은 무엇일까?

아마도 마음속에서 우러난 존경을 받는 어른이지 않을까 싶다.

요즘 시대에 이런 말을 듣는 어른은 얼마나 될까 묻지 않을 수 없다.

그럼에도 어른이 먼저 바뀌어야 하는 이유는, 어른에게는 기득권이라는 것이 있기 때문이다.

경험과 인맥, 재력 모두를 가지고 있는 어른이 먼저 변화해야겠다는 각오를 행동으로 옮긴다면, 긍정적인 방향으로 바뀔 수 있지 않을까?

우리는 누구나 다 나이가 들고 어른이 된다.

어른을 무시하는 젊은 세대를 비난하기 전에, 한 번쯤 어른이 된 자신을 돌아보고 살피는 시간을 가져보면 어떨까 싶다.

변화에 능동적으로 대처하며 사는 것 또한 이 시대 어른의 모습이기도 하기에.

어른의 성찰과 솔선수범하는 모습이 빠르게 변화하는 시대에 세대 간의 견고한 벽을 허무는 계기가 될 수 있을 것이다.

변한 것은 세대가 아니고, 시대이기에 세대 차이를 극복하기 위해서는 그들에게 먼저 다가가 이해하며 공감할 수 있어야 한다.

바다가 바뀌지 않는 한 바닷속 물고기는 환경에 순응하며 살 수밖에 없다.

퇴색되어 버린 마음

어느 누구보다도 열정으로 가득했지만 그 마음은 어느 순간 퇴색되어 있고,

그 퇴색된 마음조차 알지 못함에 나 스스로 탄식을 금할 길이 없네.

삶을 아름답게 가꾸기 위해서는 늘 반성해야 함을 알기에.

걸어온 삶을 돌아보는 것 또한 성취보다 아름답다는 것을 알기에.

항상 마음속으로 다짐하던 초지일관 유종지미의 마음은 온데간데없고,

고개를 들 수 없음을 나 자신은 알고 있으리라.

지나온 어제와 오늘을 반성하며 퇴색되어 버린 마음을 돌아본다.

지난날의 반성과 앞날의 희망 앞에서.

감정에도
지혜가

마음에 증오와 미움의 감정이 드리우거나 불안이 들거든 자신을 그 감정 속으로 몰아넣지 마세요.

증오와 미움의 걱정은 실체가 없는 것입니다.

그냥 지나가 버리는 것입니다.

그저 지나가기를 기다리며 편안하게 인내하며 그 감정을 느껴 보면서 어떻게 나에게 왔는지를 느껴보는 것이 필요합니다.

심호흡과 함께 조용히 눈을 감고 마음속에 고요하게 만나보세요.

증오와 미움과 걱정의 어둠이 서서히 걷히는 것을 느

낄 수가 있을 것입니다.

나쁜 감정을 떨쳐내기 위해서는 마음의 지혜가 필요
합니다.

증오는 증오로 갚을 수 없고, 걱정은 걱정으로 지울
수 없다는 것을 알게 될 때 증오와 걱정을 향해 '안녕'
하며 두 손을 흔들 수 있습니다.

홀가분한 마음으로 증오와 미움, 걱정의 마음과 생각
을 비우세요.

자신에게 찾아온 감정이 어땠는지를 기억하고 잊어버
리지 않아야 합니다.

자신에게 찾아온 확실한 감정의 실체를 느껴보면 대
처하는 방법 또한 알게 됩니다.

감정에 휘둘리는 이유는 자신의 감정에 지혜롭게 대
처하지 못하기 때문입니다.

習
관 인지 왜곡의

'도끼를 훔쳐 갔을 것으로 의심함'이라는 뜻의 절부지
의竊鈇之疑.

옛날에 도끼를 잃어버린 나무꾼이 있었는데 이웃집
아이가 도끼를 훔쳐 갔을 거라고 의심을 했다.

그 아이가 살금살금 걸어가는 것을 보니 도끼를 훔친
것 같아 보였고, 얼굴빛도 도끼를 훔친 도둑의 모습 같았
으며, 말도 도끼를 훔친 것을 둘러대는 것 같았다.

말과 동작, 태도 어느 것 하나 도끼를 훔치지 않아 보
이는 것이 없었다.

한참 후에 니무꾼은 산골싸기를 살피다가 잃어버린

자기 도끼를 찾았고 자신이 이웃집 아이를 오해했다는 것을 알게 되었다.

그 뒤 이웃집 아이를 다시 보니 동작과 태도 모두가 도끼를 훔친 것처럼 보이는 점이 없었다고 한다.

이유는 그 이웃집 아이가 변한 것이 아니라 내가 변했기 때문이다.

변한 것은 다른 것이 아니라, 편견에 의한 추측과 예단이 있었기 때문이다.

여씨춘추에서 유래한 것으로 공연한 추측과 의심함을 말한 일화이다.

어떤 상황에 대한 왜곡된 인지의 단면을 이야기하고 있다.

아이는 도끼와는 전혀 상관없이 똑같이 행동했지만, 받아들이는 사람에 따라 그 사건이나 상황이 왜곡되어 전혀 다른 의미로 받아들여지는 것은 사람에 따라 그것을 어떻게 인지하고 해석하느냐가 다르기 때문이다.

어떤 일이든 긍정적으로 해석하고 받아들이는 것을 습관화해야 인지 왜곡의 습관에서 벗어날 수 있게 된다.

사랑을
심어주면

순간적으로 욱하는 감정을 조절하지 못하여 폭언과 폭행 그리고 살인과 방화 등의 범죄로 이어지는 분노 조절.

가깝게는 가정의 불화에서부터 바깥으로는 직장 내 또는 외부 사람들과의 관계에서 비롯됩니다.

내 이야기를 무시하는 느낌이 들거나 이해하지 못한다고 여기는 마음에서 따돌림 받고 외면당하는 기분이 서서히 내 안에 자리 잡게 되면서 분노의 싹이 자라게 됩니다.

그 뒤 다가올 분노의 대상과 상황은 예측하기가 어렵습니다.

불타는 그것에 기름을 끼얹는 상황이 연출되면 걷잡을 수 없이 표현되기 때문입니다.

미움과 시기 그리고 질투가 자라면서 복수심으로 불타오르는 것이지요.

자기 화를 조절하는 능력은 내 마음 안에 미움과 시기, 질투에 대한 마음의 싹이 자라지 않게 해야 합니다.

그 자리에 사랑하는 마음의 밭을 가꾸면 됩니다.

개인적인 역량 차이도 있지만, 주변의 도움도 크게 필요합니다.

조금은 내성적이고 부족한 듯 보이는 사람,

여러 사람과의 대화에 잘 스며들지 못하고 맴도는 사람,

그리하여 늘 공격받거나 따돌림을 당하는 사람이 있지는 않은지 살펴보세요.

만약 그러한 사람이 있다면 잘 들어주시고 어루만져 주시면 어떨까 싶습니다.

그 대상이 내가 될 수도 있다고 생각해 보시고 이야기를 들어 주면 분노의 싹은 사랑으로 인해 자랄 수 없게 될 겁니다.

그 사람을 분노하게 만든 이유와 원인에 내가 관여되었을 수도 있음을 인지하여 함께할 수 있도록 사랑하는 마음을 심어주면 좋지 않을까 생각합니다.

분노는 사랑이라는 소화기로 들어주고, 보듬어 주고, 감싸 안아주면 저절로 누그러집니다.

바
라
건
대

잔잔한 관심과 어미의 무한한 사랑을 지니고 품어서,

적은 이기심과 경계의 자만심을 자각하며,

근면 성실과 함께 열정적이고 게으르지 말고,

베풂과 나눔에 있어 관대하고 인색하지 않고,

현명한 지혜와 너그러운 자비가 있어 어리석지 아니
하고,

마음과 정신을 옭아매는 감정과 걱정에서 벗어나고
경계하여 온갖 욕망으로부터 자유로워지는 것.

바라건대, 그리하여 부질없고 덧없는 그것들에서 떠
나 홀가분하고 평안한 나이고 당신이며 우리이기를.

쓸데없는 자존심을 내세우지 않는 것이 자유로워지고
홀가분해지는 비결입니다.

사람의 품격

인격은 개인의 지적, 정적, 의지적 특징의 정신적 특성을 말합니다.

성격은 도덕적 평가의 대상이 되지는 않지만, 인격은 칭찬이나 비난의 도덕적 평가를 받습니다.

논어에 보면 '인격이 있는 사람은 그 용모가 온화하면서도 엄숙하며, 그 자태 또한 위엄이 있으면서도 사납지 않고, 행하는 바도 부드럽고 즐거우면서도 부자유스럽지 않다'고 합니다.

화를 잘 참을 줄 알고, 상대의 잘못도 덮을 줄 알고, 나오는 말은 부드럽고 행동 또한 반듯한 것이 인격이 있는 사람입니다.

차분하고 냉정하게 자신의 마음을 억제할 줄 알고, 자신의 마음을 올바르게 표현할 줄 알아야 하는 것이 인격 형성이 잘 된 사람입니다.

언론 보도에서 막말을 하는 사람들을 보면 인격 수양의 중요성을 새삼 깨닫게 됩니다.

말은 행동의 거울이기에 인격 형성이 제대로 되어 있지 않으면 무심코 내뱉는 말 한마디에 나의 인격이 한순간에 무너질 수도 있음을 알아야합니다.

사람의 인격은 대화와 행동을 통해 알 수 있습니다.

마음이 맑은 사람은 내면의 인격을 넘어 외면의 품격까지 드러나고 느껴집니다.

잔잔한
물결의
감정

막연하게 밀려드는 불안과 걱정들.

무기력이 예상치 못한 급습으로 공격을 가해온다.

문득, 드는 낯선 내 모습.

건드려진 잊고 싶은 과거의 아픔과 트라우마.

혼자만의 상상에 접어들면 조울증인지, 가면 우울증
인지 심장 박동수가 드럼을 친다.

통제되지 않는 내 마음은 탄젠트 그래프처럼 치솟다
가 떨어지며 오르락내리락 한다.

주변 사람들과 가볍고 작은 트러블에도 민감하게 반
응하고 심각한 상처를 받은 것처럼 힘들어 한다.

그 순간 흐르는 눈물과 함께 비로소 울음으로 위안을 받는다.

그리고 다시 반복되고 습관처럼 원위치.

감정에서 벗어나려고 발버둥치지 말고, 깨끗해지려고 애쓰지도, 치유하려고도 하지 말고, 들어온 감정을 느껴 보고 편안하게 받아들여 보았으면.

녹색등의 건강하고 안전한 일상에서 황색등이 들어와 주의와 조심의 신호를 알려주면 적색등이 위험 신호와 경각심을 주듯이.

화살 표시로 이리저리 가라는 친절한 안내와 함께 내 마음의 생각과 감정, 행동도 때가 되면 수시로 오고 가 며 소통하고 있다.

감정도 신호등처럼 때가 되면 수시로 변하고 움직이 듯 감정이 주는 신호를 잘 느끼고 받아들여 지키며 살아 가면 되지 않을까 싶다.

감정에 머물러 보고 받아들이면 마음은 이내 잔잔한 물결이 된다.

비움을 배우다

박학다식博學多識은 많이 배워 아는 것이 많다는 뜻입니다.

또한, 그렇게 배워서 아는 것의 범위가 넓으면서도 깊을뿐더러 남다른 심오함을 지녔다는 뜻이기도 합니다.

요즘 주위를 둘러보면 박학다식한 사람을 많이 보고 접하게 됩니다.

몇 년 전 배움의 열정이 충만한 시기에 여기저기 유명한 강연을 찾아 들었던 시기가 있었습니다.

가끔은 사람들 모두가 자신보다 못하다는 생각이 자리잡혀 우월감에 빠진 듯한 유능하고 유명한 사람도 있었습니다.

우월감에 들게 되면 반대로 사람들에게서 멀어지게
되어 패배자의 길로 빠지는 감정으로 이끌리게 됩니다.

박학다식의 참 의미는 겸손의 마음 자세에서 끊임없
는 배움으로의 이어짐입니다.

세상 그 어디에도 완벽하게 무능하고 무식한 사람도
없으며, 완벽하게 박학다식한 사람도 없을뿐더러 나보
다 못한 사람도 없습니다.

공부와 독서에서 시작해 학식과 재능이 쌓이면 쌓일
수록 겸허의 자세를 잃지 않아야 자연스럽게 내면에 덕
이 쌓이게 됩니다.

겸손과 겸허의 지식이 가득 차면 찰수록 텅 빈 듯이
보입니다.

네 번째 쉼

관
계

진심이 약점이 되는 순간

믿고 신뢰했던 친구나 직장 동료 또는 함께하는 모임에서의 일원 등에게 진심의 마음을 있는 그대로 털어놓는다.

그런데 진심은 때로는 화살이 되어 나의 마음 과녁에 아프게 박혀 상실과 배신감으로 씻을 수 없고 잊을 수도 없는 상처로 다가오기도 한다.

진심이 약점이 되는 순간이다.

사람들이 관계에서의 어려움을 토로하는 이유가 여기에 있다.

모든 사람들에게 진심이 통하리라는 편견을 버려야

한다.

진심이란 통하는 사람과 만나야 통하게 되어 있다.

여기서 중요한 것이 역할적 소통 방법이다.

과함을 들이지 않는 자연스러운 역할적 소통으로 대해야 한다.

예를 들면 배우의 역할인 것이다.

배우들은 연기자로써 맡은 역할이 있다.

그 역할로 대화하고 소통하는 것이다.

상담자와 내담자가 있듯이 집에서는 아빠와 엄마의 역할과 직장에서의 팀장과 사원의 역할이 있고 모임에서의 나의 역할이 있듯이 그 역할에 충실하게 임하면 되는 것이다.

세상에는 온갖 정체성을 가진 사람들로 이루어져 있다.

나의 순진무구한 마음의 진심으로 모든 사람을 대하다 보면 오해나 곡해도 생기고 이용도, 배신도 당하게 되는 것이다.

무관심해야 할 때나, 친절해야 할 때, 배려해야 할 때가 있듯이 나의 맨 얼굴로 다가가야 할 때와 사회적 역할로 다가가고 대해야 할 때가 있는 것이다.

진심도 통하지 않을 때가 있듯이 맨 얼굴로 진심을 드러내면 상처를 입을 수 있다는 것을 명심해야 한다.

상담에는 이런 말이 있다.
"상담자가 내담자를 잡아먹는다."
"내담자에게 필요한 것을 하는 것이 아니라 자기가 할 수 있거나, 하고 싶은 것을 하는 상담자."
이렇듯 적절한 역할을 준수하는 것이 중요하다.

배신과 상실의 아픔으로 힘들어하지 않기 위해서는 과함이 없는 역할적 관계의 만남과 소통으로 다가가면 된다.

호의라는
마음의 빚

누군가의 호의를 입으면 사람은 마음의 빚을 지게 되고, 그런 빚으로부터 벗어나고 싶어 합니다.

빚을 진 사람의 입장에서 마음의 빚을 깔끔하게 정리하는 방법은 받은 것 보다 더 큰 호의나 보상으로 갚는 것입니다.

그것이 상호성의 법칙입니다.

리더십 또한 사람의 마음을 얻는 것입니다.

리더가 자신을 따르는 사람에게 기대 이상의 대접을 해주면 감동을 낳게 됩니다.

리더는 늘 줄 것을 찾고, 먼저 베풀어야 합니다.

더 받기 위해서가 아니라, 다른 사람을 위해 먼저 줄
때 상대의 진정 어린 마음을 얻게 됩니다.

주면 돌아오는 것이 삶의 이치입니다.

사람은 사랑을 통해 삶의 의미를 얻습니다.

인연은 작은 것에도 흔들리기 쉽다

요즘은 맞지 않는 짝과 억지로 살거나 무조건 참고 살기보다는 개인의 행복한 삶을 찾는 것이 중요하다고 생각하는 성향이 강해진 것 같다.

이혼이 더는 책잡히는 일이 되지 않는 세상에서 맞지 않는 짝과 힘들게 사느니 재혼하는 것 역시 크게 문제 될 것 없어 보이는 세상이 되었다.

예전에야 자식들 생각해서, 남에게 흉보이기 싫어서 혹은 다들 그래야 하는 줄 알고 그저 꾹꾹 눌러 참고 살았었다.

세상이 변해 무조건 참고 살고, 가족 유지를 위해 희

생하고 인내하기보다 개인의 행복한 삶을 찾는 것이 더욱더 중요하다고 생각하는 성향이 강해진 요즘이다.

무엇 때문에 억지로 힘들게 사는 모습보다는 독립적인 성인으로서 당차게 잘 살아가는 모습을 보이는 것이 더 낫다는 인식이 작용하는 것 같다.

부부 사이에 끊임없이 문제가 발생하는 이유 중 이해의 충돌로 인해 여러 가지가 서로 맞지 않아서인 경우가 많다.

그렇지만 지금은 시대와 맞물려 옛날처럼 억지로 참으며 잘 살려고 애쓰기보다 일찍 단호하게 끊고 서로에게 잘 맞는 짝을 찾아 나서는 일이 오히려 행복하게 사는 길일 수도 있게 되었다.

하지만, 그전에 서로는 끊임없이 나와 잘 맞는지, 그렇지 않은지 재고 따지는 일을 은연중에 계속 해 왔을 것이다.

그래서 처음부터 어떤 상대에게 쉽게 확 빠져드는 일을 경계해야 한다.

어떤 사람일지 모르다 보니 의심과 불신이 늘 인간관계에 개입하게 되는 것이다.

비단 부부 관계뿐만이 아니라 어떤 관계든 한 번 관계가 맺고 나면 어느 정도는 그 관계를 유지하기 위해서 애쓰게 마련이다.

요즘은 SNS를 통한 소통도 많아진 세상이라, 그 관계란 것은 실제로 대면하는 관계에만 이르지 않는다.

온라인상에서 글과 이미지, 게시글과 댓글로만 소통하는 관계도 매우 중요한 인간관계가 되어 있다.

그런 온라인상의 관계에서는 맺고 끊는 것이 버튼 하나로 클릭하는 것으로 쉽게 이루어지니 그 결정을 단호하게 실행하기에 편하다.

내 글에 적극적으로 반응을 보이고 소통하고, 취향과 의견과 목적을 함께하는 이들과 어울리는 데 더 주력한다.

그리고 이제 비로소 마음의 평안을 찾았다고 생각하고, 그게 옳은 길이라고 생각하기도 한다.

반면, 악플의 댓글에 괴로워하고, 상처받아 아파하며 우울증 등의 병에 걸리거나 심한 경우 안 좋은 선택을 하는 경우도 종종 발생하는 양면을 지니고 있다.

인연은 내가 있음으로써 발생하는 것이기에 자기중심이.오롯이 건강하지 않으면 작은 것에도 흔들리기 쉽다.

그러므로 그 어떤 인연이라도 가볍게, 쉽게 생각하거나 판단해서는 안 된다.

인연의 관계는 깨끗한 마음과 진실된 마음으로 신중하고, 소중하고, 진중하게 다가가고 대해야 한다.

겉과 속을 모르는 인연의 관계는 쉽고 가벼운 것이 아닌, 무겁고 묵직한 것이다.

좋은 사람

우리 인간의 삶에서 사람과의 만남 없이는 하루도 살아갈 수가 없습니다.

만나고 헤어지고를 반복하는 것이지요.

그러는 와중에 좋은 사람도 만나고, 싫은 사람도 만납니다.

나에게 이로운 사람, 해로운 사람, 대화가 되는 사람, 만나면 기분 좋은 사람, 다시 만나고픈 사람, 편안한 사람, 존경하고 싶은 사람, 수없이 많은 제각각의 다양한 삶을 사는 사람들이 우리 주변에는 엄연히 존재하고 있습니다.

우리가 만나고 헤어지는 사람 중에 말입니다.

또한, 그 수없이 많은 사람들이 다양한 생각을 가지고 많은 사람과 대화를 나눕니다.

이렇게 무수하게 다양한 사람들의 생각, 언어, 행동들을 일일이 나에게 이로운지, 해로운지, 옳은지, 그른지 판단해서 저울질해가며 좋은 관계만을 골라 산다는 건 자신의 삶에 있어 절대 좋지 않습니다.

그렇다면 어떻게 해야 할까요?

있는 그대로 그 사람을 인정하고 이해하고 받아들여야 합니다.

이럴 수도, 저럴 수도, 그럴 수도 있기 때문이지요.

세상과 사람을 보고 이해하고 판단하는 기준과 관점 또한 다르기 때문입니다.

내가 보고 느끼고 이해하고 판단하는 것이 정답이 아니기 때문입니다.

우리 주변에는 좋은 사람들이 더 많습니다.

나 스스로가 어떤 선택과 판단, 행동에 앞서 선뜻 어떻게 해야 할지 모를 때는 내 주변의 좋은 사람을 이용하면 됩니다.

그것이 슬기롭고 현명한 방법입니다.

내가 보고 느끼고 이해하는 것 같이 그들도 그러하기 때문이며 그 이상일 수도 있습니다.

시간이 지난 뒤 나 자신도 모든 면에서 성숙해지는 것을 느낄 수 있습니다.

좋은 사람과의 관계는 유익한 것이고 같이, 함께하길 바라는 것입니다.

곁에 있는 사람들을 보면 나는 사람 부자이고 마음 부자인 것 같아 행복합니다.

타인의
시선과 눈높이

상담이나 멘토링을 하다 보면 자신의 어려움을 토로하는 내용 중에 사람들과의 관계에서 겉도는 것 같아 고민이라는 분들이 의외로 많습니다.

여러 환경적 영향으로 본심의 천성이 그러한 분들도 계시지만 대부분은 사회적 관계에서 나타납니다.

그리고 자신의 문제를 탓하기보다는 타인의 문제로 돌리려는 경향과, 주변의 시선에 이끌려 완벽한 모습을 추구하고 보이려고 하는 데서 기인하는 경우가 대부분입니다.

물과 기름이 따로 놀듯 결국에는 합쳐지지 못하게 되

는 것이지요.

그럴수록 한 번쯤 자신의 모습을 돌아봐야 합니다.

타인의 시선과 눈높이에 사로잡혀 스스로 자신에게 완벽주의에 대한 주문이나 강요를 암묵적으로 지시하고 있지는 않은지.

자신이 만든 원리원칙이라는 틀에 갇히면 주변을 겉돌게 될뿐더러 내가 파 놓은 좌절감 등의 함정에 빠지는 어리석은 꼴이 되고 맙니다.

틈을 내어 주세요.

빈틈을 보여 주세요.

여유를 가지세요.

그저 편안한 친구나 가족처럼.

그리하면 재미난 세상살이를 만날 수 있고, 좋은 사람들이 주변으로 모이게 됩니다.

힘을 빼고, 긴장을 풀고, 마음을 놓고, 자연스럽고 편안하게 사람들과의 관계를 즐기시면 됩니다.

주변의 시선과 눈높이, 굳어 있고 닫혀 있는 내 마음
의 자세가 나를 주변에서 겉돌게 합니다.

일
상
의

추
임
새

추임새는 판소리에서 고수나 청중이 흥을 돋우기 위
해 곁들이는 감탄사이다.

'위로 끌어 올리다', '실제보다 높이 칭찬하다'는 뜻을
담고 있다.

얼씨구, 절씨구, 지화자, 좋다, 얼쑤, 잘한다 등으로 흥
을 돋우는 소리 언어다.

어느 위치에 넣어야 한다는 규칙은 없지만 아무 곳에
서나 남발해서도 안 된다.

곡의 흐름을 잘 탈 수 있도록 적절한 곳에서 추임새를
넣어 힘과 흥을 실어주어야 한다.

슬플 때는 슬픈 어조로, 즐거운 대목에는 힘차게 흥겨운 어조로 부분 강세를 주어 어떤 어조로 표현하느냐에 따라 느낌을 다르게 낼 수 있게 된다.

어찌 보면 소리꾼과 청중 사이에서의 맞장구처럼 교감 역할의 의미도 담고 있지 않나 싶다.

상담을 자주 하다 보면 추임새의 쓰임을 공감할 수 있다.

그랬구나, 화났겠다, 속상했겠다, 아팠겠다, 그렇구나, 잘했네, 훌륭하다, 멋지다, 대단하다, 나라면 못했을 거야.

추임새를 넣어 내담자에게 공감과 힘을 불어넣어 주는 것도 이와 같지 않을까 생각한다.

추임새는 가정과 직장, 사회의 구성원과 사람들과의 관계 사이에도 꼭 필요하다.

사회가 보다 밝고 활기찬 분위기로 바뀌기를 진정으로 원한다면 남을 위하고 또한 나를 위해서라도 추임새를 듬뿍 넣어주도록 하자.

내가 다른 사람을 칭찬하고 격려하는 일에 인색하다면 상대도 나에게 너그럽지 못할 것이기에 추임새에 인색해서 득이 될 게 없다.

　상대방을 치켜세우는 추임새를 많이 사용해서 사람들의 삶에 활력이 넘쳤으면 좋겠다.

　칭찬과 격려의 말 추임새는 상대를 신뢰하고, 배려하고, 인정하는 마음이다.

결이 통하는 사람

수많은 사람들 중에 나의 마음과 생각 그리고 시선까지 통하는 사람을 만나기란 여간 쉽지 않습니다.

만나더라도 함께 하거나 곁에 둔다는 것은 더욱 힘든 게 사실입니다.

만약 그런 사람이 내 곁에 나타난다면 그는 로또 당첨보다 더 큰 행운의 복을 얻은 사람일 것입니다.

힘들어 지쳐 외롭고 쓸쓸할 때 그를 만나면 동질감을 느껴 도움과 위안도 얻습니다.

기쁜 일이나 좋은 일이 있을 때도 자기 일인 양 함께 좋아하고 축복해 줍니다.

때론 벗이 되어 주고 인생의 스승이 되어 주기도 하고 가족이 되어 주기도 합니다.

이런 사람을 곁에 두고 싶다면 진정성 있게 다가가야 합니다.

깊은 믿음을 바탕으로 매사에 자신을 대하듯 다가가고 대해야 합니다.

결이 통하는 사람은 인생의 보너스이자 또 다른 나를 덤으로 얻는 것과 같습니다.

하늘 아래
내가 그리는

하늘 아래 숨을 쉬며 여기저기 이리저리 부대끼며 살아가는 우리.

그 속에 내가 있고, 네가 있고 당신이 있어 좋은 세상이다.

고달프고 버거운 힘든 세상에서 내 곁에 그 누군가가 있다는 생각만 해도 기분 좋아진다.

문득 생각나 보고 싶어 내 가까이에 있는 그 누군가를 느낄 수 있음에 고맙고,

행여나 만나기라도 한다면 더욱 감사할 따름이다.

외로움에 길들어져 이런 마음조차 느끼지 못하고 살

아간다면 그 사이는 너무 멀게 느껴져 쓸쓸함이 더할 것이다.

차라리 혼자가 마음 편하다고 애써 외면할 것이다.

그럼에도 한편으론 같이 뒤엉켜 살아가는 삶 속에서 문득 생각나는 사람이 곁에 있음에 행복한 것이다.

혼탁하고 가끔은 낯설게도 다가오는 세상에 가끔 살아가는 사이사이 그 누군가를 떠올려 보는 것만으로도 마음이 넓어지고 편안해져 자연치유가 될 수도 있으려니.

하늘 아래 내가 그리는 사람이 곁에 있는 것만으로도 행복이다.

자연스러운 배려

한때 《배려》라는 책이 인기를 끌었던 적이 있었습니다.

너무나도 단순하고 누구나 다 알고 있는 배려이지만 지나침과 과함의 배려는 그 누군가에게 오해로 다가가기도, 불편하기도 할 것이며 부담으로 느껴질 수도 있다는 것입니다.

말 그대로 '적당한 배려' 정도에서 멈추는 것이 현명한데 과한 배려로 인해 상대방은 오히려 거북스러워하거나 부담감을 느끼거나 침해당한다고 생각한다면 하지 않는 것만 못한 일이 되고 말 것입니다.

우리가 모두 알고 있는 '지나친 과함은 미치지 못함과

같다'는 과유불급過猶不及이라는 말은 중용의 미덕을 강조한 것입니다.

절주배라고도 불리는 계영배戒盈盃라는 술잔이 있습니다.

한번에 잔의 7할을 넘게 채우면 모든 술이 아래로 흘러내려가 버리지만, 천천히 적당량인 7할을 넘기지 않고 채우면 흘러내리지 않는 잔입니다.

말 그대로 넘침을 경계하라는 뜻이 담겨있습니다.

조선 시대 거상인 임상옥은 상인으로 승승장구하게 되면서 늘 계영배를 보며 과함을 경계한 인물입니다.

그의 잔에는 이런 문구가 새겨져 있습니다.

"가득 채워 마시지 말기를 바라며, 너와 함께 죽기를 원한다."

배려를 깊이 이해하면 감동과 행복이 있음을 알게 되고 그만큼 우리들의 세상은 사랑으로 더욱 아름다워질 것입니다.

배려뿐만이 아니라 그 무엇이든지, 어떤 것이라도 적당함과 넘침을 늘 인지하고 경계하며 살아가는 우리였으면 합니다.

자연스러운 배려에는 눈치도, 침해도 없고 자유롭습
니다.

지극히
공평하고
사사로움 없는

공자는 논어의 시경詩經속 시 삼백여 편을 사무사思無邪
라고 합니다.

"길게 말할 것도 없이 한 마디로 생각에 간사함과 사
악함이 없다."

즉, 생각이 바르므로 간사함과 사악함이 없다는 뜻입
니다.

간사함과 사악함이 없다는 것은 바르고 진정성이 있
다는 것이고, 진정성이 있다는 것은 마음이 올바르고 어
질다는 것이겠지요.

시詩라는 것은 가장 정화된 언어로 사람의 인성을 바

로 하고 인간성을 회복시켜 주는 것이니까요.

뒤틀리고 비뚤어진 마음을 잡는데 특효약입니다.

사무사는 맑음과 곧음을 말한 것이지 않을까 싶습니다.

사람으로서 한 세상 살아가다 보면 적든 많든 타인과의 인연으로 만나 온갖 고민과 생각으로 인해 헤매기도 합니다.

이런저런 자잘한 일들이 어지러이 터지고 이어져 끝이 보이지 않을 때도 있습니다.

인간관계가 참 어려운 일임을 새삼 느끼게 됩니다.

눈으로 읽고 어떤 마음가짐으로 살아가야 하는가를 담고 있는 사무사의 정신과 마음으로 살아가면 티끌만큼의 오염 없이 살아갈 수 있지 않을까 생각해봅니다.

명심해야 할 것은,

언제, 어디서나 생각에 간사함이나 사악함이 없이 혼자 있을 때도 온전히 깨어 있도록 조심해야 할 것.

자기만족의 기쁨과 행복 또는 어떤 이익을 위해 타인을 속이지 않을 뿐만 아니라 자신의 존재감을 위해 일부러 그렇게 자신을 속이거나 자신에게 속아주는 일이 없어야 할 것.

모든 사람을 자신의 필요에 의한 수단으로 이용하는 것이 아니라, 상호 존중하면서 서로에게 필요로 하는 상생의 삶을 살아가야 할 것.

지극히 공평하고 사사로움 없는 사귐은 인간다운 만남의 연속으로 이어집니다.

진정한 아름다움

어느 누구에게나 산다는 것은 쉽지가 않습니다.

왜 나만 이런 일을 당해야 하는 거냐고 자신을 향해 탄식했던 밤들은 그 누구에게나 있을 수 있습니다.

그렇지만 지금 서 있는 자리에서 잠시 뒤를 돌아보세요.

지금껏 당신은 잘 이겨내고 여기까지 왔습니다.

오고 가는 사람을 보면서 남들은 걱정 하나 없이 사는 것 같아 부러울 때도 있을 것입니다.

남의 집을 쳐다보며 웃음소리가 들려올 때면 그 따스함을 시기, 질투할 때도 있을 것입니다.

그런 뒤 세월이 지나고 나면 당신은 웃으며 이렇게 말할 것입니다.

그때는 그랬지... 그랬어...

사람들은 누구나 저마다의 힘겨운 일상 속 고뇌를 안고 살아갑니다.

나도, 그 누구도 그랬듯이 말입니다.

다만 아쉬움이 있다면 내 고통과 아픔이 너무 커 보여 다른 이의 상처를 볼 수 없는 헤아림의 배려를 생각하지 못하는 것이 안타까울 뿐입니다.

그렇게 세월이 흐르고, 한 살 한 살 나이를 먹어가며 조금씩 변화하는 자신의 모습도 봅니다.

그 순간, 젊은 날이 그리워지고 시간을 되돌리고 싶다는 생각을 하게 됩니다.

그러나 조금만 생각을 바꾸면, 살아온 동안 소중한 추억들이 쌓였고 세월이 흐르는 동안 연륜이 쌓여 문제를 해결하는 지혜가 생겨났으며, 또 다른 가족이 생겼고, 조금은 여유도 생겼습니다.

살아왔다는 건 그만큼 좋은 일도 많이 생겼다는 것입니다.

그런 세월의 연륜이 쌓여 갈 때 비로소 인생의 진정한 아름다움을 알 수 있습니다.

힘겹고 버거운 삶이지만, 그 속에서 여유롭게 즐기면서 살아가면 마음도 편안해집니다.

인
내
하
면

인내하면,

지혜를 얻을 수 있다.

혜안을 지닐 수 있게 된다.

조급함과 성급함도 잊게 된다.

마음의 불안도 사라진다.

두려움과 긴장감이 없어진다.

꾸준함의 성실성을 얻게 된다.

마음이 유연하고 부드러워진다.

끝을 볼 수 있고 알 수 있게 된다.

인내심과 더불어 진중함과 평정심의 평온함을 갖게

된다.

생각지도, 상상하지도 못한 그곳에 다다르게 된다.

보이지 않았던 것도 보이고, 보지 못했던 것도 보게
된다.

인내하면 마음은 고요한 바다가 되고, 구름 한 점 없
는 푸른 하늘이 된다.

나는 언제부터인가 택시를 탈 때면 기사님에게 이런
저런 질문을 던지곤 한다.

이유는 적막함과 어색함이 싫어서이기도 하고, 대화
를 나누다 보면 어느새 목적지에 다다르기 때문이기도
하다.

또한, 세상 사는 이야기와 기사님에 대해서도 이해하
고 알게 되는 측면도 있어 사람 공부, 인생 공부가 되기
도 한다.

그런데 질문에 앞서 선행되어야 할 것이 있다.

바로 겸손이다.

겸손의 마음으로, 정말 알고자 하는 마음으로 질문을 던져야 한다.

그렇게 질문을 던지면 그 사람과 인생을 이해하고, 공감하고, 알게 된다.

사람은 대체로 알게 모르게 자신만의 벽을 치고 있기 때문에 여간해선 그 벽을 허물기란 쉽지 않다.

사람은 자신이 먼저 벽을 허물고 나오지는 않지만, 허물고 나오면 소통하고 싶어 한다.

그러려면 내가 먼저 다가가 인사를 건네고 그 사람 곁으로 다가가는 것이 우선 되어야 한다.

질문에 대한 나의 이야기를 먼저 꺼내어 상대방이 스스로 벽을 허물고 나올 수 있도록 해야 한다.

그러면 자신의 이야기를 들려준다.

그렇게 서로에 관해 묻고 답하다 보면 친밀감이 쌓이고, 허심탄회하게 속마음까지 나눌 수 있게 된다.

겸손의 질문을 하면 내가 알고자 하는 것의 답을 얻을 수 있고, 생각을 자극하게 하여 몰랐던 정보도 얻게 되며, 마음의 문을 열도록 하여 나 또한 귀 기울이게 되어

서로 간의 장벽이 없어진다.

어린 아이들이 쉽게 친해질 수 있는 이유는 서로 간의 장벽이 없기 때문이다.

그런 순수함을 지닌 우리는 어른이 되면 벽을 쌓고 견제를 하기 때문에 쉽게 친해질 수가 없다.

먼저 다가가 인사하고 겸손하게 질문하고 듣자.

겸손 없는 질문은 벽에 대고 질문하는 것과 같고, 겸손한 질문은 상대가 마음의 벽을 허물고 나오게 하는 강력한 힘이 있다.

공감의 시작

공감한다는 것은 어떤 생각에 동의하지 않으면서도 그것을 환영할 수 있는 마음 그릇이 있다는 것입니다.

반드시 상대방의 입장이나 말을 전적으로 동의한다는 뜻은 아니지만, 대인관계의 연결고리에선 매우 중요하고 고급스러운 감정임에는 분명한 것 같습니다.

공감 능력은 인간이 태어날 때부터 타고난다고 하지만 연습으로도 키울 수 있는 감정이며, 다른 사람의 심리와 감정 상태를 읽어낼 수 있는 능력을 말합니다.

그리고 그 능력을 갖췄다는 것은 고급스러운 감정으로, 인간을 인간답게 만드는 능력입니다.

누구나 자신의 눈높이와 위치에서 사물과 현상을 바라보고 인지하기 때문에, 같은 사건 같은 사물을 보면서도 다르게 생각하고 해석하는 것은 어쩌면 당연한 일입니다.

서로 달라 의견이 충돌하기도 하고 관계에 금이 가기도 합니다.

관계와 소통을 잘할 수 있는 간단한 방법은 그들이 되어 보는 것입니다.

관점에서 오는 차이를 이해하고 받아들이게 된다면 좋은 관계의 실마리를 찾게 될 것입니다.

공감의 시작은 그저 나와 같은 사람이라고 인식하는 마음을 갖는 것에서부터 시작됩니다.

헤아려

한 사람이 쉼의 공간인 벤치에 기대어 따뜻한 봄 햇살 맞으며 잠들어 있다.

우여곡절과 희로애락의 삶 속에서 지친 몸과 마음을 달래주는 쉼의 시간.

우리 중 그 누구도 이와 같지 않을까.

잠들어 있는 모습이 나일 수도 있으니 그저 바라봐 주고, 지켜봐 주면 어떨지.

그렇게 한잠 짧은 달콤한 숙면에서 깨어나 나를 지긋이 바라봐 주고, 지켜봐 주는 이가 곁에 있다면 얼마나 고맙고 행복할지.

그런 연민과 애정의 마음으로 살아갔으면 싶다.

내가 힘든 만큼 그도 힘들다는 것을 알기에 내가 먼저 그 마음을 헤아려 준다면, 봄 햇살 속 달콤한 사랑은 우리 마음 안에 사랑으로 비춰주어 지친 몸과 마음에 살아갈 수 있는, 살아낼 수 있는 버팀목이 되어 줄 것이다.

깊은 사랑은 내가 먼저, 조금 더 헤아리는 마음 씀씀이에서부터 무르익어 갈 것이다.

보되, 이면의 지친 마음조차 헤아려 볼 수 있는 그것이 깊은 사랑이다.

마음을 얻는다는 것은

세상에서 가장 어려운 것이 있다면 그것은 사람의 마음을 얻는 것이 아닐까 생각합니다.

수많은 사람 중에 남남에서 친구로 동료로 다가가서 신뢰를 얻는 것도 오랜 시간 정성을 들여야 하는 법입니다.

누군가의 마음을 얻었다는 것은 삶의 많은 이유 중에서 가장 큰 의미를 찾았다는 것이겠지요.

마음을 얻는 것이 머리로 계산해서 얕은 꾀로 얻어지는 것이 아니기에 마음을 얻는다는 것은 그 사람의 의식, 그 하부가 흔들렸을 때나 가능한 일이지요.

이 상태가 되면 조건 없이 좋아하는 마음이 생기고 가진 것들을 대가 없이 공유하고 싶어지는 것이 사람 마음입니다.

변화무쌍한 사랑의 무한한 틀 안에서 마음 맞춰 공감하고 이해하며 배려하고 잘 살아가는 우리였으면.

열린 마음으로 조금 더 주고받으며 그럴 수도 있다는 넓은 아량과 도량의 마음으로 살아가길 바라며.

사람은 존재만으로도 귀하고 사랑스러우며 아름답습니다.

나쁜 기억

기억이란 놈은 참으로 묘해서 잊어야 할 것은 잊지 않고 잊지 말아야 할 것은 아무리 기억하며 애써도 잊어버리고 만다.

누군가의 눈에 들기는 어려워도 눈 밖에 나기는 한 순간임을 알지 못하는 것은 아니지만 때론 어쩔 수 없는 삶의 탓일 수도 있겠거니 생각도 한다.

열 번의 고마움을 기억하지 못하고 한 번의 잘못만을 기억해 내어 고집스레 추궁하며 맺어온 인연을 파기하곤 한다.

살면서 오랜 세월 동안 끈끈한 친분의 두꺼운 끈이 인

내의 여유조차 마다하고 한 줄 남김없이 끊어질 때, 좋은 기억을 추슬러 열 번의 고마움을 기억하고 한 번의 잘못을 이해와 용서로 덮어둘 수 있음은 나 또한 한 번의 잘못 때문을 이해와 용서받고 싶음이다.

나쁜 기억 속의 아픔이나 상처에 흔들리지 않도록 좋은 사랑의 기억들을 나쁜 기억 속 위에 두텁게 쌓아가도록 해야겠다.

그러면 한 조각의 나쁜 기억의 편린이라도 더는 뚫고 나오지 못할 수도 있으려니.

크게 마음먹으려 들면 우주보다 더 무한하게 커질 수 있는 게 사람의 마음입니다.

상대방과의 대화 속에서 단절의 느낌이 들거나 이해 못할 상황에 접했을 때는 이렇게 생각해 봅니다.

'그럴 만한 이유와 사정이 있겠지'

'저 사람은 이렇게, 저렇게, 그렇게 생각하는구나'

'왜? 내 입장과 생각을 이해하지 못하지?'라는 생각은 상대방을 이해하려는 마음 없이 오로지 내 입장과 내 생각만을 강요하는 것이기 때문에 대화의 벽에 부딪히는 것입니다.

그럴 땐 억지로라도 상대방의 입장이 되어 보는 겁니다.
'내가 저 사람이라도 저럴 수밖에 없을 거야'
'뭔가 그럴 만한 사정이 있어서 저럴 거야'
한 번만 더 깊이 생각해보기로 합니다.

역지사지의 마음은 대화와 이해에서 사랑으로 갈 수 있는 티켓입니다.

눈에는 눈 이에는 이. 내 눈을 상하게 하면 상대방의
눈을 상하게 하고, 내 이를 상하게 하면 상대방의 이를
상하게 한다는 함무라비 법전의 상응 보복법이다.

누구에게나 공정한 처벌을 강조한 함무라비 왕의 기
본 원칙은 성문법의 기초가 되어 오랜 시간 이어졌다.

프랑스 루브르 박물관에 소장된 함무라비 법전 맨 앞
머리에는 이런 문구가 적혀 있다.

"이 땅에 정의를 실현하기 위해, 그리하여 강자가 약
자를 함부로 해하지 못하게 하기 위해"

우리는 성인군자도 신도 아닌 사람이기에 자신을 미

워하고 해를 끼치는 사람까지 사랑의 마음으로 껴안고
품을 수 없다.

다만, 그러한 마음 뒤엔 앙갚음과 복수심이 자리하기
때문에 마음을 달리할 필요가 있다는 것이다.

우리 속담에 '미운 놈 떡 하나 더 준다'는 말이 있다.

미울수록 매 대신 잘해주고 생각하는 체라도 하여 미
운 감정을 쌓지 않아야 미워하는 마음이 가신다는 뜻
이다.

원한을 준 사람을 사랑하되 사사로운 미움 없이 공정
하게 대하면 된다.

착한 것은 착하게 여기고, 착하지 않은 것은 착하지
않은 것으로 여겨 은혜를 베푼 사람은 좋게 대하고, 해
를 끼친 사람은 상대하지 않으면 되는 것이다.

즉, 지나친 미움과 분노에 사로잡히지 말라는 말이다.

사람이 살아가다 보면 터무니없이 사소한 일에 오해
와 모욕을 당하기도 한다.

대다수는 분을 삭이지 못해 '어떻게 앙갚음과 복수를
할까?'의 고민을 거듭하다 지치고 잠도 설치게 되어 결

국엔 자신에게 더 큰 상처만을 주게 된다.

성경에 '원수를 사랑하라'는 말도 있듯이 미운 놈 떡 하나 더 준다는 마음으로 살아가면 어떨까 싶다.

원한을 원한으로 갚지 않고, 은혜를 은혜로 갚으면 마음은 상처받지 않고 온화해진다.

돌아보는 일

불가에는 자자自恣라 하여 자신의 잘못을 돌아보는 참
회의식이 있다.

자기반성과 자신의 과오를 임의로 진술하여 스스로의
과오를 고백함과 아울러 다른 사람에 대한 무례를 사과
하고 의심 없이 믿는 마음으로 모두 결백하게 하는 의식
이다.

자신의 허물을 스스로 고백하는 시간이다.

듣는 이는 다만 경청할 뿐 누구도 고백한 사람을 향해
비난하거나 그 어떤 말을 건네지도 않는다.

그냥 그걸로 끝이다.

각자의 생각으로 돌려주고 남겨둔다.

우리 일상에는 일이 있으며 사람과 관계하며 말과 말투 그리고 행동을 하며 살아간다.

날마다 그렇게 부딪히고 살아가다 보면 실수도 하고 원치 않게 마음의 상처도 주고받고 살아간다.

그런 가운데 하루의 삶을 돌아보지 않으면 지난 과오와 실수는 잊히고 잊게 된다.

자자를 해보면 의외로 자신을 돌아보는 과정에서 성찰할 수 있는 계기를 만나게 되기도 한다.

겸손해지며 마음도 가벼워지고 심신이 맑아져 생각도 긍정적으로 바뀌게 되어 삶의 여유로움도 느끼게 된다.

사람 사는 이치를 깨닫게 되고 삶과 인생 그리고 사람을 사랑하며 살 수 있게 된다.

궁극적으로 건강하고 건전한, 즐겁고 희망찬 삶을 살 수 있게 해준다.

그런 식으로 혼자 할 수 있는 '나를 돌아보는 일과 써보기'나 '거울 속 자신과의 스스럼없는 대화 나누기'를 권해본다.

당신의 빛나는 미래의 모습을 만나기를 원한다면 말

이다.

  하루와 나 자신을 돌아보면 자신이 '어떻게 살고 있는
지'와 '살아가고 있는지', '살 것인지'가 보인다.

갚는 마음으로

많은 사람이 세상과 삶 속에서 느끼는 불평등과 불합리의 것들과 가진 것의 차이에서 느껴지는 박탈감 그리고 소위 잘나가는 사람과 나와의 비교에서 오는 시기와 질투를 느끼며 산다.

그런 우리는 받은 것의 은혜는 생각하지 않고 잊어버리고 산다.

물에 빠진 사람을 구해줬더니 보따리 내놓으라는 말처럼, 화장실 들어갈 때와 나올 때 마음이 다르듯 사람의 마음은 이기적이고 간사하다.

생각해 보면 우리는 알게 모르게 작든 적든 누군가의

이해와 배려 속에서 도움과 사랑을 받고 산다.

　나는 과연 세상에서 받은 만큼의 은혜를 위해 손톱만큼이라도 무엇을 하며 살아가는지 물어볼 일이다

　세상과 사람을 향해 거만해지지는 말았으면 싶다.

　까치도 받은 은혜를 갚으며 살듯이 우리도 아름답게 살았으면 좋겠다.

　세상은 은혜를 갚는 마음으로 살아가면 행복하고 그것이 곧 아름다운 삶이다.

다섯 번째 쉼

도
약

단단하게
만드는

●
○
●
●

몸과 마음을 굳세게 하여 어떤 일을 반복해서 꾸준하게 하는 수련과 단련이 있습니다.

명검을 만들기 위해서는 대장간의 쇠붙이를 뜨거운 불에 달군 후 두드려야 합니다.

그리고 더욱더 단단하게 하려면 수천, 수만 번을 달구고 연마하는 과정이 필요합니다.

축구 선수 손흥민도 그의 아버지의 지도 아래 수많은 시간 동안 반복 훈련을 하였습니다. 그의 슈팅 공간 안에 공이 들어오면 골이 될 확률이 높은 이유가 반복 학습에서 나온 결과입니다.

몸이 알고 느낄 정도로 드리블과 슈팅 연습을 수련하고 단련한 결과가 현재의 그를 있게 만든 것입니다.

그 과정에서 지쳐 힘들어 포기의 마음도 일어날 것이고, 자포자기의 심정도 들 것입니다.

그러나 우리 인생살이에서 수련과 단련 없이 쉽게 얻어지는 것은 단 하나도 없음을 알아야합니다.

힘들더라도 포기하지 않는 마음 근육을 수련과 단련으로 키워야 그 어떤 상황에서도 자신을 이겨 원하는 것을 얻을 수 있게 됩니다.

자신을 단단하게 만드는 수련과 단련 속에 명품 인생이 되는 비결이 있습니다.

숨겨진 지혜와 새로운 길

사람들은 살다가 지치고 힘들 때, 앞날이 불투명해 보일 때, 세상과 사회와 사람에 대한 회의가 들 때, 어떤 길을 가야 할 지 모르고 방황할 때마다 자신만의 방법으로 난관과 고비를 벗어나려고 노력한다.

홀연히 여행을 떠나기도, 사람을 만나 속내를 털어놓기도, 숨이 멎을 정도의 운동으로 잊으려고도 할 것이며, 허구한 날 술로 달래기도 할 것이다.

그렇지만 단순히 잊고 벗어나는 것에만 의미를 두면 안 된다.

그러한 상황은 재연되고 반복될 것이기 때문이다.

그때마다 그런 일들을 반복하고 또다시 삶의 고비와 위기에 처하게 될 것이다.

같은 상황에 놓여도 반복하지 않는 힘과 위기와 고비를 헤치고 새로운 단계로 나아가는 지혜의 힘을 길러야 한다.

책 속에는 삶과 인생, 일과 사람, 관계와 마음, 말과 행동 등의 교훈과 지혜가 담겨 있다.

책 속에 숨겨져 있는 지혜가 당신만의 새로운 길을 찾는 묘책이 될 수도 있음을 명심하며 책 속의 진리를 찾으려 하는 습관을 들이도록 하자.

책을 읽으면 내가 보이고, 삶과 인생을 대처하며 살아가는 방법도 터득하게 된다.

스스로 즐기는 인생

스스로 찾아 알게 되면 좋아하게 되고, 좋아하게 되면 즐기게 된다.

스스로 즐기지 못하면 좋아하지 않게 되고, 좋아하지 않게 되면 관심 또한 없게 된다.

결국엔 알지 못하게 되는 것과 같다.

그리하여 무지하면 좋아하는 것도, 즐기는 것도 없게 되는 것이다.

알아서 좋아하고 즐기는 인생을 추구하면 거기에 행복이 있다.

호기심과 더불어 좋아하는 것을 찾아 그것을 즐겨 보길 바라며, 늘 끊임없이 창조적인 생활의 활동으로 한 걸음씩 발전해 나가는 우리였으면 좋겠다.

더
가려
거든

타인을 넘어서기는 쉬우나 자신을 넘어서는 것은 가장 어렵고 힘든 일입니다.

고로, 자신을 넘어서면 생각하고 원하는 모든 것을 이루어 낼 수 있습니다.

늘 할 수 있다는 긍정적인 마음가짐을 가져야 하고, 올바른 말을 쓰고, 올곧은 행동을 해야 합니다.

넘어지고 다쳤다면 오뚝이처럼 다시 일어날 수 있는 용기와 배짱도 지녀야 합니다.

다짐하고 시작한 일은 열정과 정성의 마음으로 최선을 다해야 하며 끝맺음을 맺어야 합니다.

자신의 약점이나 허점을 드러낼 필요는 없지만 숨기거나 감추지 말고 당당해야 합니다.

그리고 자신에게 다짐했던 것들을 반드시 지켜나가면서 자신의 가치를 창조해 나갈 수 있어야 합니다.

내 안의 힘은 그 누구도 알 수 없습니다.

우리 자신은 그 힘을 모르기에 갈 만큼 갔다고 생각하는 그곳에서 얼마나 더 갈 수 있는지 아무도 모릅니다.

참을 만큼 참았다고 생각했던 것에서 얼마나 더 참을 수 있는지 그 누구도 모릅니다.

극한의 나를 넘어서야 알 수 있습니다.

더 가려거든 자신을 믿고 넘어서야 진정한 나를 만날 수 있습니다.

자신을 넘어서면 그 힘으로 할 수 있는 일에 도전하여 자신의 힘으로 갈 수 있는 그곳에 다다를 수 있습니다.

복기하고
복기하라

바둑판에서 두고 난 바둑을 두었던 그대로 처음부터 다시 놓아보는 것을 복기復棋라고 합니다.

이겼든 졌든 모든 바둑 기사들은 복기를 둡니다.

복기를 두는 이유는 처음으로 돌아가서 무엇을 잘했고, 무엇을 잘못했는지를 정확히 알고 넘어갈 수 있게 해주기 위함입니다.

그래서 다음 대국에서 실수를 줄여 잘 풀어나갈 수 있도록 해주는 돌아보기입니다.

다시 그 순간들이 찾아왔을 때 현명한 선택을 할 수 있게 해줍니다.

우리의 삶 속에도 수많은 선택의 기로가 찾아오기 마련입니다.

그때마다 우리는 선택을 해야 합니다.

그 선택이 잘된 것일 수도, 잘못된 것일 수도 있습니다.

여기서 복기를 생활화 한 사람과 그렇지 않은 사람과는 확연히 차이가 날 수밖에 없습니다.

복기를 생활화해야 하는 이유입니다.

기억된 순간을 다시 돌아보며 앞으로의 행보에 실패나 좌절이 없도록 분발하는 행위가 복기입니다.

복기를 생활화하면 그것이 주는 교훈을 발판삼아 아름다운 생을 맞이할 수 있게 됩니다.

그 무엇이나 어떤 것을 넘어서고 이루기 위해서는 노력이 필요하듯, 일기를 쓰듯이 삶과 인생을 복기하는 것은 나와 삶을 성공적으로 이끌어 갈 수 있게 해줍니다.

복기하고, 복기하라!

복기는 나를 성장할 수 있도록 해주는 무형의 훌륭한 선생님입니다.

매
일
의
시
작

글을 쓰며 느낀 것이 있다.

하루도 빠짐없이 쓰며 느낀 그 경험에서 얻은 것이라 소중하지 않을 수 없다.

십 원이 모여 큰돈이 되고,

벽돌 하나가 쌓여 건물이 되고,

하나의 씨앗이 나무가 되어 열매를 맺고,

하나의 문장이 쌓여서 책이 되어 작가가 되고,

하루가 쌓여 한 해가 되듯이,

하루를 산다고 봤을 때 그 하루를 사용하는 것은 결국 사람이다.

어떻게 사용하는가도 우리들 스스로에게 달렸다.

옛말에 '세 살 버릇 여든 간다'고 하지 않던가.

한 번 들인 습관은 고치기 어렵고 힘이 드는 게 사실이다.

시작부터 좋은 습관을 들여야 하는 이유다.

당신은 매일을 어떻게 쓸 것인가?

어떤 사람이 되려고 하는가?

내일을 말하지 않기로 한다.

매일의 시작이 행동의 좋은 습관으로 차곡차곡 쌓여 내일이 되고 인생이 된다.

무
한
한

세
상
밖

우리들 대부분은 학창시절 자신이 배워왔던 교육에서 전공 분야를 전공하고 취직을 하고 직장생활을 해나갔다.

그렇게 해왔던 일 외엔 관심이나 흥미를 느낄 시간도 없었다.

다른 것들에 호기심이나 관심조차 없다 보니 더는 발전할 계기도 없어졌다.

대학을 졸업하고 취직한 조직에서 경험한 것의 틀에서 벗어나지 못한 채 나와 비슷한 사람들과 어울리며 생각을 나누다 보니 생각 자체도 거기서 맴돌고 머물 뿐이었다.

현실에서는 구조조정에 희망퇴직 그리고 권고사직 등의 압박이 가해오고 나와 걱정이 비슷한 처지인 사람들과 술 한 잔 놓고 신세한탄으로 이어진다.

이미 회사를 그만둔 사람들과 만나도 남는 것은 다른 사람들도 어려움에 부닥쳐 있다는 위안과 공감뿐이다.

기존의 틀과 사고에서 벗어나 앞으로의 삶을 대비할 준비가 없다.

퇴직 후의 삶을 생각해둬야 하는 지금의 현실이 무겁게 어깨를 짓누른다.

기존의 틀에서 벗어나기 위해서는 지금의 틀에서 영역 확장을 통해 확대 재생산하는 무한의 세상 밖으로 와야 한다. 그래야 자신의 나머지 삶이 의미 있는 삶으로 이어질 수 있다.

호기심의 힘

나이가 들수록 공부하는 것이 즐겁고 행복한 지금이다.

공부라 하기엔 거창하지만 알아가는 것이 즐겁다는 것이다.

'아무도 호기심을 갖지 않았더라면 이 세상은 어떻게 되었을까'라는 생각을 해보곤 한다.

호기심과 함께 궁금한 게 많아지면 공부를 하게 되고, 생각을 하게 되며 질문 또한 많아진다.

호기심이 생기면 그것에 대한 일정 수준의 지식을 얻게 된다.

호기심은 지식에 의해 생겨나는 동시에 지식의 부재

에서 촉발되기 때문에 알고자 하는 욕망을 불러일으키는 것이다.

무엇이 옳고 그른지에 대한 끊임없는 앎에 대한 배움의 자세가 온전한 나를 만나는 길이기도 할 테니.

호기심이 줄어들면 점점 늙어가는 것과 같다.

공자는 "진정한 앎은 자신이 얼마나 모르는지를 아는 것이다."라고 말했다.

나의 생각과 지식의 빈틈을 채워주는 것이 호기심이며, 그것을 발판 삼아 알아가는 것은 결국 자신이다.

알아감은 내가 아는 것과 알고 있는 것 그리고 알아야 하는 것과의 간극의 차이를 좁히기 위함이다.

묵묵히 서서히

사람은 누구나 성공을 꿈꾸고 바랍니다.

이미 앞서 성공한 사람들의 모습에서 자신의 성공 모델을 찾기도 하고 자신만의 성공을 꿈꾸기도 합니다.

소박한 성공에서 대단한 성공과 위대한 성공까지 다양한 성공의 모습들이 존재합니다.

여기서 당신이 생각하고 꿈꾸는 성공은 무엇이고 어떤 것인가요?

이 물음에 선뜻 답이 나온다면 당신은 이미 그 길을 걸어가고 있는 것입니다.

그렇지 않고 생각과 고민에 든다면 당신은 아직 출발

하지도 않고 제자리걸음을 하는 것입니다.

　우리는 저마다의 꿈을 꾸고 어떤 인생을 살지를 고민하며 나름의 계획을 세워 목표한 그 꿈을 위해 노력하며 달려갑니다.
　단박에 이뤄지는 성공은 없다는 것을 보면 성공은 서서히 묵묵히 가야 하는 길이지 않을까 싶습니다.
　자신이 좋아하는 일이나 하고 싶어 하는 일을 자신만의 속도로 일궈가는 사람이지 싶습니다.
　거기에는 쫓김의 조급함도, 강박이나 압박감도 없습니다.
　그저 물이 흐르듯 자연스러움의 기쁨과 즐거움의 행복감만이 있습니다.

　봄에 파종을 하고 가을에 결실을 보는 것에서 보더라도 절대로 서둘러서 되진 않습니다.
　적당한 햇빛과 물 알맞은 토양과 계절의 흐름 속에서 서서히 꽃피우고, 열매 맺으며 곡식이나 채소로 성장하게 되는 것입니다.
　여기서 필요한 것이 있다면 정성 어린 노력과 마음일

겁니다.

그렇게 정성 들여 가꾸지만 때론 흉작으로 망치기도 할 것이고, 때로는 풍작으로 다가오기도 할 것입니다.

성공과 실패가 있듯이 억지로, 내 맘대로 되지 않는 것이 우리네 인생살이입니다.

세상과 일상의 흐름 속에서 자연스럽게 꽃피우는 것이 성공을 의미하는 것이 아닐까 싶습니다.

내가 좋아하는 일이나 하고 싶어 하는 일을 나만의 걸음으로 묵묵히, 서서히 일궈내 꽃피우는 것이 성공입니다.

정성의 마음이
수확되기까지

원인에 따라 결과가 나타난다는 뜻의 종두득두種豆得豆
가 있습니다.

우리말의 '콩 심은 데 콩이 난다'와 같습니다.

게으르고 나태한 삶에 얻어지고 나아지는 삶은 없으
며 부지런하고 성실하면 그만큼 얻어질 것이며 나은 삶
이 오는 것은 당연한 이치입니다.

다만, 여기에서 중요한 것이 있습니다.

정성의 마음이 수확되기까지 이어져야 합니다.

뿌려만 놓고 정성껏 가꾸질 않고 내버려 둔다면 뿌리
지 않은 것과 같습니다.

우리의 삶에도 내가 먼저 칭찬하고 배려하고 양보하고 나누고 사랑한다면 아름답고 멋진 좋은 인생이 될 것입니다.

받기만을 바라지 말고 씨앗을 뿌리듯 내가 먼저 주는 삶을 살아 보면 어떨까 싶습니다.

결과는 당신의 삶을 떳떳하게 할 것이며, 당당하고 멋진 인생을 살아가게 할 것이고, 그 인생은 풍요로운 인생이 됩니다.

뿌리지 않고 정성껏 가꾸지 않으면 허송세월의 삶을 사는 것과 다를 바 없습니다.

이
룸
의

기
적

이룸을 생각하면 '1만 시간의 법칙'과 '노력은 배신하
지 않는다'는 말이 떠오릅니다.

한 분야에서 어느 정도의 성공이라는 정점을 찍기 위
해선 눈물겹고 피나는 노력이 동반되며 무한 반복의 꾸
준한 연습이 함께해야 합니다.

그 과정에서 쓰러지고, 넘어지고, 부러지는 아픔의 단
계도 있었을 것입니다.

지루하고, 귀찮고, 힘듦의 눈물의 마음으로 포기하고
도 싶었을 것입니다.

그러나 그런 과정을 이겨내고 넘어서니 지금이 있는 것

입니다.

대충과 적당히의 나태함과 편안함, 안락함의 달콤함도 이겨내 온 것입니다.

거듭된 실패 속에서 그 실패를 기억하고 더 나아지려고 노력하는 꾸준함의 반복이 결국 이룸으로 이어지는 것입니다.

이룸의 기적은 시간 속 노력의 흘린 땀과 함께 성공이라는 보상 선물로 돌아옵니다.

10대에는 주어진 대로 공부만 하면 모든 게 정리된 삶이지만, 원하는 대학을 가기 위해서는 치열하게 자신과의 싸움을 해야 합니다.

그리고 대학교 입학 원서를 받은 날로부터 그 치열함은 소멸하였다가 20대가 되면 세상을 다 가진 듯 밤을 새워 친구들과 놀다가도 취업 준비생이 되면 다시 치열해 집니다.

취직과 함께 직장인이 되면 실적과 성과 진급 등으로 치열하게 살아야 합니다.

결혼을 생각할 나이가 되면 하고 싶은 것도 많아지지

만 저축과 함께 집도 장만해야 하는 상황에 놓이게 되어 치열하게 살아갑니다.

결혼을 하게 되면 가족 부양의 의무와 책임감에 더욱 더 치열해집니다.

어느덧 흰 머리가 희끗희끗해지어 오고 은퇴 후의 삶을 걱정하게 됩니다.

그러다 문득 드는 생각.

내가 왜 이 길을 달려가지?

이 길의 끝엔 무엇이 있지?

미리 내가 걸어가야 할 길에 대해 생각하는 법을 배웠다면, 내 시간을 내가 원하는 대로 할 수 있는 진정한 치열함으로 살 수 있었을 터인데.

이런 후회를 하는 지금도 그 시간에 뭐든 치열하게 하라고 자신에게 쓴소리도 해 봅니다.

그러다 어느 순간 찬바람이 불면 무릎이 시려오고 환절기마다 몸에 좋은 보약을 먹을까 말까 고민하고, 시린 이 전용 치약이 아니면 양치도 두려워지는 나이를 넘어가고 있을 테니까요.

지금 이때가 지나면 가고 싶은 길이나 일이 생겨도 치열하기는 힘들겠다는 생각을 할 테니까요.

이왕에 가야 할 길이라면 신명나게 어딜 가고 있는지.

이 길 끝에 놓여있을 달콤한 열매를 상상하며 진한 땀으로 한 번은 '치열하게' 달려봐야 하지 않을까 싶습니다.

그 어떤 미련이나 후회도 두지 않고, 하지 않으려면 말입니다.

내가 그렇게 살아야 우리 아이들도 그 치열함을 몸소 배울 수 있지 않을까요?

우리의 엄마 아빠는 자식 부양하고 그저 먹고 사는 일에 힘에 부쳐 치열하게 살았지만.

왜 그래야 하는지, 어디로 가는지 모른 채 오로지 자식만을 위해 치열하게 사셨던 삶이었지만.

목표가 있는 치열한 삶, 그것이 지금 나와 당신 그리고 우리가 걸어가야 할 길입니다.

지금 치열하면 먼 훗날 누구에게도 부끄럽지 않을 수 있습니다.

세상의 속도

남들은 힘들어 보이지 않고, 잘 살아가는 것 같아 보이는데 나는 왜 사는 것이 힘이 들까.

많은 사람들이 이런 생각을 가지며 살아가고 있다.

하지만 정말 그럴까? 천만의 말씀이다.

나는 지금도 매일 나를 돌아보고 공부하며 살아가고 있다.

보이는 것 이면을 들여다보면 다른 이의 삶도 전쟁터이고, 지옥이다.

삶을 어떻게 느끼고, 바라보고, 대처하며 살아가는 것의 차이가 있을 뿐이다.

그들도 끊임없이 공부하고 노력한다는 사실을 알아야 한다.

그런 당신은 제자리걸음을, 뒷걸음질을 치고 있지는 않은지 자신을 바라보고 돌아봐야 한다.

그렇게 살지 않기 위해서는 먼저 자기 자신을 알아야 한다.

하루가 멀다 하고 빠르게 변하는 세상의 흐름도 알아야 한다.

결국 나를 이해하고 온전한 나 자신을 알아야 변하는 세상의 속도에 적응해 나갈 수 있는 것이다.

책을 읽고 다양한 분야의 사람들과 만남도 해가며 새로운 것들을 접해봐야 식견과 견문이 넓어지고 깊어지며 높아진다.

그리해야 내가 알고 있는 것과 알아야 하는 것에서의 간극을 발견하게 되어 더욱 나아지려는 공부가 뒷받침되어 자신이 생각하고 꿈꾸는 삶으로 나아갈 수 있고, 살아갈 수 있게 된다.

결국엔 다양한 분야의 이야깃거리를 지닐 수 있게 되고, 그에 따른 통찰력 또한 얻을 수 있게 되어, 사회생활

전반이 활기차고 건강해지며 삶이 즐겁게 느껴지게 된다.

거울을 보며 그 속의 나에게 냉정하게 끊임없이 질문해 보면 거기에 내가 원하는 답이 있다.

많이 보고, 겪고, 공부하는 것 외엔 배움에는 때라는 것이 없을뿐더러 우연히 얻을 수 있는 것 또한 없다.

하나 둘,
조금씩, 천천히

혹사는 혹독하게 일을 시킴과 당하는 경우를 말합니다. 대체로 육체적인 면을 강조하는 말이지요.

하지만 육체적 고통이 동반하게 되면 정신적으로도 타격을 입게 마련입니다.

과거보다 세상은 육체적으로 힘든 일들이 많이 줄어든 것이 사실입니다.

하지만 요즘엔 타인으로 인하거나 스스로 자신에게 주는 정신과 심적인 혹사가 더 크게 나타납니다.

당연히 여기며 사는 일상의 틀 속에서 혹시 자기 자신에게 스트레스를 주고 있지는 않은지, 매일의 삶이 이어지는 과정에서 자신도 모르게 혹사하고 있지는 않은지, 자신을 들여다보세요.

　나 자신을 왜 그렇게 혹사하며 살아가고 있는지를요.

　마음속 나와 거울을 보듯 대화를 나눠 보세요.

　아마도 외로운 경우가 많아서 그런 것일 겁니다.

　사람을 그리워하는 마음이 강해서일 겁니다.

　자신의 이야기를 들어주고 따뜻하게 위로해줄 가족과 친구가 그리운 것일 겁니다.

　평상시 일을 하며 지내는 시간에는 느끼지 못하다가 퇴근과 함께 홀로의 시간이 되거나 어떤 분위기나 상황이 연출되면 나타나는 외로움과 우울 그리고 그리움의 그것을 달래기 위해 술을 찾고 중독이 되는 것에 빠져 그 순간을 잊기 위해 자신을 혹사하고 있는 것입니다.

　자포자기의 심정으로 나쁜 것들에 의지하는 습관이 들어버린 것입니다.

　이런 분들에게 필요한 것은 새로운 것의 따뜻함과 희망의 모습 그리고 사람들과 어울림입니다.

　낯설고 해보지 않은 것들에서 오는 기쁨과 행복감, 자신의 이야기를 들어주고 공감해주며 따뜻한 위로, 지지

와 격려를 해줄 가족이나 친구 또는 모임에서의 어울림
이 주는 맛을 느껴보는 것이 중요합니다.

다분히 내성적이고 소극적이며 사회생활의 적응력에
힘들어하는 사람들이 이러한 것들을 겪게 됩니다.

이럴 때 필요한 것이 늘 같은 일상의 생각과 시선의
프레임에 변화를 주는 것입니다.

인간의 기억 속에 저장된 메모리에 변화를 주어 새로
운 일상에 관심을 두고, 경험하며 느껴보고 그 상황이
기쁨과 즐거움 그리고 행복감을 가져다 준다는 메모리
로 저장해 놓는 겁니다.

하나 둘, 조금씩, 천천히 자신의 삶에 변화를 주며 사람
들과의 교류나 모임 등에도 참여해서 느껴보면 조금씩
이전의 상황에서 벗어나는 자신을 발견하게 될 겁니다.

주변에 그런 나를 도와줄 수 있는 사람과 허심탄회하
게 속내도 털어내 도움도 받으시면 가능한 일입니다.

당신 자신을 혹사시키며 사는 삶을 살고 싶지 않다면
말입니다.

긍정적 변화는 나의 마음가짐과 의지와 실행력이 뒷
받침되어야 가능합니다.

수용이란 지금의 나와 현재, 주위의 모든 것들을 객관적이며 비판 없이 인정하고 받아들임을 말하며 또한 현명하게 잘 사용해야 함도 담고 있다.

시도 때도 없이 찾아오는 온갖 잡스러운 고민과 공상, 번민과 번뇌에서 벗어날 수 있도록 해준다.

끊임없이 휘몰아치고, 맷돌이 돌듯이 끝없이 맴도는 잡념들은 몸과 마음을 시공간에 머무르지 못하도록 뒤흔든다.

너무나 격하고 강렬해서 우울증과 불안, 수면 장애와 대인 관계 등 정신적인 문제가 동반된다.

후회나 회한, 그리움과 불안함, 염려와 걱정 사이를 쉴 새 없이 오간다.

이럴 때면 지금 내가 존재하는 시공간의 상황을 현실 그대로 수용하여 관찰하고 요소요소들 하나하나를 집중해 느껴보자.

그간 나를 옭아매던, 안절부절못하는 불안정의 상태가 차분해지고 객관적인 현실감각을 찾게 해줄뿐더러 그것에서 벗어날 수 있고 자신에 집중할 수 있도록 해준다.

결국엔 현실에서의 나 자신과 상황에 집중할 수 있게 해준다.

파도가 오고 가듯, 버스가 정차한 뒤 지나가듯이 관망하듯 바라보면 마음 편하게 지낼 수 있는 것이 수용과 인정이다.

의식하지 않고 흘러가도록

가끔 그리고 문득 어떤 좋지 않은 감정들과 생각이 떠오른다면 이렇게 해보세요.

떠오른 생각이나 마음에서 그것을 비우기 위해서는 떠오르는 그것을 생각하지 않으려 하는 대신에 판단하지 않아야 합니다.

떠오르는 생각을 억누르는 것이 아니라 떠오르는 생각을 붙잡으려 하지 않아야 합니다.

'이런 생각이 드는구나!', '이런 생각이 나는구나!', '이 느낌과 이 감정은 뭐지?'라고 알아차리는 것이 중요합니다.

그리고 나서 그냥 내버려 두는 것이 중요합니다.

들어온 그것에 가치를 두지 않고 판단하지 않으면 이내 생각과 마음이 잔잔해지며 고요해질 겁니다.

그렇게 해보기로 해요!

내 마음속에 들어온 것을 의식하지 않고 흘러가도록 내버려두면 자연스럽게 홀가분해집니다.

머
물
지

않
는

감정은 일시적입니다.

그런 감정들은 인간이 맞이하고 대처하며 다스릴 수 있고요.

소나기를 피하듯 잠시 피하면 되는 것입니다.

특히 분노와 화는 몇 분 안에 지나가는 것입니다.

그런데 지속되는 이유는 가만히 놓아두고 지나가도록 잠시 숨 고르기를 하면 되는데 굳이 그것을, 상황을, 사람을, 말과 행동을 떠올리기 때문입니다.

확대 재생산하여 부풀어 올라 결국엔 풍선처럼 터져 버리게 되는 것이지요.

문제는 그것에 대해 생각하기 때문에 감정이 계속해서 나를 괴롭히게 되며, 자꾸만 그런 생각을 지속해서 반복하면 습관이 되고 반복되는 것입니다.

생각에서 머물지 않으면 됩니다.

흘러가듯 내버려 두세요.

이미 지난 일이니 잊으라는 말은 굳이 생각하지 말라는 뜻입니다.

긍정적인 생각과 사고로의 전환이 필요합니다.

즐거워하고 좋아하는 것을 찾아 바로 실행해 보면 이전의 상황과 생각 그리고 감정은 이미 떠나버린 기차입니다.

잊어버리고 지운 상황에서 즐거워하고 행복해지는 것을 하면 마음은 고요하게 자리 잡게 됩니다.

분노와 화를 잘 다스리는 길은 그 감정에 머물지 않고 자연스럽게 흘려보내는 것입니다.

행복해지기로

옛말에 '몸은 부릴 수 있어도 마음은 부릴 수 없다'고
했다.

몸은 마음에 의해 움직이니 마음을 잘 다스리면 몸은
저절로 따라오게 되어 있다.

사람들에게 기분부전장애나 우울증, 불안 장애와 같
은 마음병이 많은 것에는 여러 이유가 있겠지만 늘 비슷
하거나 같은 생활의 테두리 안에서 움직이기 때문일 가
능성이 높다.

다람쥐 쳇바퀴 돌 듯하니 늘 그런 마음의 병을 달고
살고 약물치료며 심리 상담을 받아도 그때뿐인 것이다.

마음도 잘 들여다보며 현재의 생활 패턴과 만나는 사람, 움직이는 동선을 긍정적이며 희망적인, 관계적이며 자연적인 방향으로 삶의 기준점을 바꿔서 생활할 필요가 있다.

인간은 환경의 동물이다.

열심히 일한 뒤 떠나는 여행지에서의 힐링이 환경 변화의 중요성을 알려 준다.

떠난 여행지에서는 마음의 병이 없다.

우리 뇌는 집중하는 것을 이뤄낸다.

우울하다는 생각을, 죽고싶다는 생각을 하기 전에 행복해지려는 이유와 행복한 생각을 해야한다.

이렇게 다짐해보자.

나 자신을 보다 귀하고 소중하게 대할 것이고, 긍정적인 생각을 가질 것이며, 희망을 생각할 것이다.

내 몸과 마음의 주인은 나이고, 그런 나는 행복해지기로 했다.

바람이 분다고 흔들리지 마라

고요하고 잔잔한 내 마음에 흙탕물과 거친 폭풍우가 인다.

누가 그러한 것도 아닌데 거침없이 흐리고 휘몰아치니 내 마음도 동한다.

보이지도, 만져지지도, 느껴지지도 않는 내 마음을 요동치게 하는 그것들에 쉬이 꿈틀거리고 흔들리는 이 마음을 나는 모른다.

내 마음이 저절로 움직인 것인지, 어떤 것들로 인해 내 마음이 꿈틀거린 것인지.

순간의 미혹에 넘어가는 간사하고 얄은 이 마음.

조금만 지나면 모든 것이 잔잔해지고 평온해지며 고
요해질 터인데.

순간을 이겨내지 못하고 참지 못하는 흔들리는 이놈
의 마음아.
바람이 분다고 흔들리지 마라!
흔들거림은 보이는 것일 뿐 원래 나의 마음은 고요하
나니.
그 어느 것, 어떤 것들의 미혹과 유혹에도 흔들리지
않는 굳센 의지로 부동심의 마음을 유지하리라.

내 안의 심연의 마음을 들여다보며.

마음에
중심이
있는

살아가면서 중요한 것 중 하나가 중심을 잘 잡고 가는 일입니다.

중심을 잘 잡지 못하면 비틀거리고, 넘어지고 쓰러지게 됩니다.

나의 길을 제대로 가기 힘들어집니다.

그 중심인 마음의 중심을 잡고 가는 것이 중요한 이유입니다.

마음의 중심이 약해 흔들리면 내가 아닌 타인의 생각과 행동에 끌려 다니게 됩니다.

나의 삶이 아닌 타인의 삶을 사는 것과 같습니다.

그만큼 마음의 중심을 잘 잡는 것이 중요합니다.
마음은 그 사람의 중심입니다.

외모에만 신경 쓰고 치중하는 사람도 많습니다.
화려한 꽃은 당장에 예쁘고 보기 좋지만 시간이 지나면 시들어 버리고 향기도 없어집니다.
수백, 수천 년 중심을 잘 잡고 살아 온 고목들은 중심이 잘 잡혀 있어 지금까지도 버텨내어 온 것입니다.
시간이 지나가도 변치 않는 중심인 마음을 가꾸는 일이 더욱 중요한 이유입니다.
사람의 외모보다는 그 사람의 중심을 보아야 합니다.
중심이 반듯한 사람의 삶은 멋있고 아름답습니다.

마음에 중심이 있는 사람은 그윽한 향기뿐만이 아니라 아름다움의 매력도 품고 있습니다.

텅 빈 그릇을
지니고

무엇인가를 시작할 때의 마음가짐으로 우리는 최선을
다한다는 말을 합니다.

최선을 다한다는 말에는 온갖 노력으로 임하겠다는
비장함이 담겨 있습니다.

온갖 노력으로 기력을 다 소진함을 말합니다.

그렇게 기력을 다 소진해 본 사람은 최선이라는 말의
참뜻을 알게 됩니다.

다만, 무엇인가에 열정이 없다면 최선을 다하기가 힘
이 듭니다.

열정이 섞인 최선의 마음가짐으로 그 어떤 것이라도

해보면 전체를 알 수 있고, 그 속에 진하게 배긴 땀방울과 눈물의 참 의미를 알 수 있게 됩니다.

그 속에 담겨 있는 것의 전반을 이해하게 되고, 살아가는 인생의 숭고한 고마움을 알아 숙연해지며 고개 숙어집니다.

삶을 대하는 방식이 달라지고, 사람에 대한 존경의 마음도 들게 됩니다.

결과에 대해 담담할 수 있고, 겸허히 받아들일 수 있는 여유도 생기며 축하의 박수를 보내는 마음 그릇도 만들어집니다.

그 무엇에 온 힘으로 최선을 다해본 사람의 마음은 텅 비어 있습니다.

정
성
을

다
함

아주 작은 일이라도 간과하지 않고 최선을 다할 것.

최선을 다하면 정성스럽게 될 것이며,

정성스럽게 되면 겉으로 배어 나오게 되고,

겉으로 배어 나오면 드러나고,

드러나면 이내 밝아지고,

밝아지면 남을 감동하게 하고,

남을 감동하게 하면 이내 변하게 되고,

변하게 되면 발전하게 된다.

지극히 정성을 다하는 사람만이 나와 세상을 변하게

할 수 있다.

온 마음으로 최선의 노력과 정성을 다하면 크든 작든
되지 않을 것이 없다.

아픈 상처의 치유

자신이 만약 누군가의 말과 행동 등으로 인해 상처받았거나 입었다고 생각한다면 그것은 이미 자신 안에 상처가 있었다는 것입니다.

나의 마음이 긍정적이고, 자신이 어떤 일을 성공적으로 수행할 수 있는 능력이 있다고 자신을 믿는 자기 효능감을 지니고 있거나, 자신을 존중하는 자존감이 자리를 잡고 있었다면 그 누군가의 말과 행동으로 인해 상처받았다는 느낌이 들지 않겠지요.

상처 난 자리의 아물지 않은 마음을 누군가는 생채기 정도의 작은 상처라고 생각할 뿐인데, 자신은 상처받았다고 오해하고, 슬퍼하고 힘들어합니다.

그 누군가의 말과 행동이 원인이 아니라 이미 나 자신 안에 가지고 있는 '나는 바보 같다고 느끼는 등신감이나 다른 사람에 비해 뒤떨어졌거나 능력이 없다고 생각하고 판단하는 그 마음'을 자신이 마음속에 담아두는 것이 문제입니다.

스스로가 자신을 옭아매고 있는 것입니다.

'나는 상처받기 쉽고, 깨지기 쉬운 물건이니 함부로 다루지 말고 조심해서 다뤄!' 이렇게 살아갈 것인지 아니면 떳떳하고, 당당하고, 멋지고 자신있게 살아갈 것인지 살펴보세요.

자신의 약점이나 치부를 스스로가 옭아매지 않고 자긍심과 자부심을 가지고 자존감 있는 삶을 살아간다면 내 안의 아픈 상처는 치유될 수 있습니다.

지금도
뿌리는 남아

생각은 시도 때도 없이 여러 가지 걱정들로 뒤범벅되어 일어나 지금, 이 순간에도 머물지 않고 바람처럼 어디론가 가버린다.

이미 지나가 버린 과거의 허상에 매달려 거기에 얽매이고 아직 오지 않은 미래의 일을 상상하며 거기에 사로잡힌다.

그러나 삶은 지금, 이 순간이다.

과거와 미래가 소멸하지 않으면 현존할 수 없고, 현존하지 않은 삶은 허구이다.

삶이 힘든 이유는 생각과 동거하면서 서로 싸우기 때

문이다.

어떤 부정적인 생각이든 생각과 싸워서는 절대로 해소되지 않는다.

부정적이고 나쁜 생각들이 떠돌아다닌다면 곧바로 알아차리고 지금 하는 일이나 지금 보이는 현상에 집중하는 게 번뇌와 망상을 줄이는 길이다.

나무가 잘려도 뿌리가 깊어 다시 자라는 것처럼, 욕망의 근원인 뿌리를 뽑지 않으면 생사의 고통과 아픔은 늘 반복되고 되풀이된다.

한 걸음 물러서 보면 걱정으로 휩싸인 내 마음은 이내 여유로워지고, 너그러워지며 평온해진다.

나만의 쉼을
찾기로 했습니다

펴낸날   초판 1쇄 2020년 5월 8일

지은이   김유영
캘리그래피   안경희

펴낸이   강진수
편집팀   김은숙, 백은비
디자인   임수현

인 쇄   ㈜삼립인쇄

펴낸곳   (주)북스고   **출판등록**   제2017-000136호 2017년 11월 23일
주 소   서울시 중구 퇴계로 253 (충무로 5가) 삼오빌딩 705호
전 화   (02) 6403-0042   **팩 스**   (02) 6499-1053

© 김유영, 2020

ISBN   979-11-89612-61-0   03810

이 도서의 국립중앙도서관 출판예정도서목록(CIP)은 서지정보유통지원시스템 홈페이지(http://seoji.nl.go.kr)와
국가자료종합목록시스템(http://kolis-net.nl.go.kr)에서 이용하실 수 있습니다. (CIP제어번호 : CIP2020017409)

책 출간을 원하시는 분은 이메일 booksgo@naver.com로 간단한 개요와 취지, 연락처 등을 보내주세요.
Booksgo 는 건강하고 행복한 삶을 위한 가치 있는 콘텐츠를 만듭니다.

삶의 여행을 깊이 이해하려면
내 삶의 여행은 한결 가볍고
사랑스러우며, 평화롭고, 뿌듯합니다

당신의마음을
다받아들여서
고맙습니다
사랑해요
—민영이가

늘행복하고
내가
좋아하는
재미있고
기뻐지길
—민영이가

가을하늘은
그높은곳이
낙엽지움
있어야함을
하여라-

꽃이
꽃보다사람이
더
지기어라고
비A
나라-